En finir avec l’amour

Éditions Frison-Roche Belles-lettres
5, rue de Charonne, 75011 Paris

Direction : Édouard Frison-Roche
Direction littéraire : Katia Kaloun
Édition : Axelle Quéré et Marion Vergnolle
Illustrations de couverture et mise en pages : Coline Cayzac

ISBN : 978-2-492536-19-9
Collection Ex Nihilo
ISSN : 2780-8726

Sevy Neige

En finir avec l'amour

Frison-Roche
Belles-lettres

Amélie

Amélie n'avait rien aimé d'autre que les mots et les histoires. Elle écrivait tous les jours, surtout la nuit, et rien ne lui plaisait plus que d'inventer des personnages malaisants, baptisés de prénoms improbables. Rien ne lui offrait plus de joie que l'enfantement d'un nouveau roman, ses grossesses courtes et sans complications lui permettant d'accoucher trois à quatre fois par an. Jusqu'à Christian.

Avant lui, Amélie n'était jamais tombée amoureuse d'un être humain. Elle éprouvait une grande affection pour les champignons parasites et les insectes ravageurs, mais aucun spécimen de ses espèces favorites n'était parvenu à la détourner de sa mission sur Terre : écrire. Une seule et unique fois elle avait cru aimer un homme, Prétextat Tach, dont la misanthropie et les fulgurances rhétoriques la subjuguaient. Mais Prétextat était le personnage principal de son premier roman, et les difficultés qu'elle avait endurées pour en finir avec lui l'avaient convaincue qu'on ne l'y reprendrait pas.

Non, cette fois l'amour était bien réel, et elle l'avait tout de même vu approcher. Comme avec la plupart des gens qui l'avaient réellement intéressée au cours de sa vie, tout avait commencé par un élan épistolaire. Née d'un courrier de ce fan – Amélie répond toujours à ses admirateurs –, la relation s'était équilibrée au fil des échanges, et elle-même était devenue une inconditionnelle des lettres de son lecteur. Christian semblait fasciné par le rapport d'Amélie à la beauté assassine, l'obésité morbide, par la fabuleuse monstruosité des personnages de ses romans ; Amélie était quant à elle éblouie par la poésie et la perfection graphique de ses missives. Les deux correspondants avaient en effet en commun d'avoir passé une partie de leur enfance au Japon, et c'est dans cette langue calligraphiée qu'ils s'étaient écrit avec une constance presque sans faille – on s'attache beaucoup à quelqu'un qui dessine pour vous parler.

Après deux années d'idéogrammes à l'encre noire, ils se rencontraient enfin, dans un avion au départ de Paris, parce qu'ils n'avaient pas trouvé de lieu sur Terre qui soit à la hauteur de l'événement.

Christian

Christian aimait Amélie depuis sa venue au monde. Elle l'avait séduit alors qu'elle n'était qu'un nourrisson, ce qui est moins gênant qu'il n'y paraît, s'agissant d'une époque qu'elle raconte dans *Métaphysique des tubes*, son autobiographie de zéro à trois ans. Dès les premières pages du livre, Christian était tombé en adoration devant ce « tube » immobile et omnipotent, divin bébé dont les seules occupations étaient « la déglutition, la digestion et, conséquence directe, l'excrétion ». Le récit était court, comme il se doit pour des mémoires infantiles, mais vertigineux, s'achevant par l'échec de la tentative de suicide de l'écrivaine. Une double prouesse à cet âge minuscule. Impressionné, Christian avait ensuite dévoré l'ensemble de son œuvre déjà parue, puis chaque nouveau roman qu'elle avait consenti à publier – moins du quart de tous ceux qu'elle écrivait.

Après la découverte du tube, Christian avait aimé Amélie sans discontinuer. Il n'avait souffert qu'une seule fois, lorsqu'il avait deviné dans son premier livre – qu'il n'avait lu qu'en sixième position – son amour pour Prétextat Tach. À la douleur de sentir l'attirance d'Amélie pour son personnage grandir au fil du roman s'était ajoutée l'incompréhension : comment son idole, pourtant si délicate et raffinée, avait-elle pu s'amouracher d'un type aussi odieux ? Et bien entendu l'attraction était réciproque. Observer impuissant s'éloigner l'être aimé est la pire des tortures ; Christian ne s'en serait jamais cru capable, mais il s'était surpris à prier pour la disparition de son concurrent. Il avait rapidement été exaucé : les happy ends sont rares dans la bibliographie d'Amélie, mais elle avait su mettre fin à cette histoire d'une belle manière, à la dernière page du livre, en éliminant Prétextat une bonne fois pour toutes. Avec un sang-froid remarquable.

Soulagé, et plus épris encore, Christian avait alors songé à changer de prénom. Si pour attirer l'attention d'Amélie il fallait s'appeler Épiphane, Omer ou Palamède, il était prêt à prendre un alias. Mais trouver alias qui sonne – et porteur de sens – n'est pas simple : il avait d'abord épluché l'encyclopédie des pseudonymes, sans succès. Puis celle des prénoms baroques. Il avait même consulté la liste des prénoms des enfants de stars hollywoodiennes, florilège de preuves que leurs parents avaient tout tenté pour leur transmettre un héritage plus encombrant que leur patronyme familial. Mais à l'issue de cette enquête américaine il avait renoncé, n'en trouvant aucun qui fût aussi prégnant que le sien – dont l'origine latine *christianus* signifie « disciple du Christ ». Car s'il était résolument athée, fils de deux ingénieurs agnostiques et petit-fils d'instituteurs anticléricaux, Jésus demeurait à ses yeux une véritable source d'inspiration : Christian avait lui-même ressuscité plusieurs fois.

Principalement à *Shagako*, au Japon.

Le Christ

Avant de se rejoindre dans cet avion, Amélie et Christian s'étaient écrit pendant deux ans. À mesure qu'elle avait appris à le connaître, elle avait fini par préférer lui envoyer des lettres, et attendre les siennes dont chaque calligraphie était plus douce que la précédente, plutôt que faire quoi que ce soit d'autre de ses journées. Elle écrivait toujours autant, mais tous ses mots étaient pour Christian. La rédaction de son nouveau roman était au point mort.

Elle avait également mis de côté sa passion pour la mythologie grecque, afin de se consacrer à un monothéisme sectaire, entièrement voué au culte de son correspondant calligraphe. Tout s'était mis à tourner autour de cette divinité épistolaire s'adressant à elle en japonais, en vers, et par voie postale.

C'est son éditeur qui, le premier, s'était inquiété de la voir prendre autant de temps pour accoucher d'un nouveau livre. Il avait pourtant cherché pendant des années à la dissuader de publier aussi souvent, pour fidéliser son public en suscitant la rareté ; mais connaissant Amélie, cette inactivité littéraire inédite n'avait rien de raisonnable. D'autant qu'elle continuait de se rendre chaque nuit dans le bureau qu'elle occupait au sein de sa maison d'édition.

Puis un jour elle s'y était enfermée. L'éditeur savait qu'elle disposait d'un stock de thé lui permettant de tenir plusieurs mois, en revanche il n'y avait rien de comestible dans son frigo, qu'elle avait transformé en bibliothèque d'appoint. Alors chaque matin en arrivant il avait frappé à sa porte, pour s'enquérir de son état de santé et lui offrir un de ces fruits trop mûrs qu'elle affectionnait habituellement. Sans réponse.

Au bout de trois semaines, il avait emprunté la clé du personnel de service et s'était résolu à entrer. Il avait découvert une Amélie agenouillée au milieu de la pièce, rideaux fermés, au centre d'un cercle composé d'une multitude de petites bougies rondes et de feuilles de papier blanc recouvertes d'idéogrammes japonais. C'étaient toutes ses lettres à Christian, qui attendaient pour être expédiées qu'il réponde à la précédente. Car elle n'avait plus aucune nouvelle de lui. Seule dans la pénombre, elle persistait à écrire en espérant une manifestation du Christ – erratum : de Christian.

Soupçonnant qu'elle avait idéalisé cet individu sans la moindre idée de ce à quoi il pouvait ressembler, l'éditeur lui conseilla d'organiser une entrevue. D'ailleurs son héros n'était peut-être pas un homme, il pouvait très bien être une femme, ou un enfant, un petit farceur surdoué en calligraphie. Amélie lui fit remarquer que ces deux incarnations potentielles n'eurent pas remis en cause la nature divine de Christian, mais le créateur de ces idéogrammes n'était pas imberbe, elle en avait la certitude.

Quoi qu'il en soit, vénérer un seul dieu était hasardeux. L'éditeur lui suggéra une cure de polythéisme pour s'aérer l'esprit : il avait justement besoin d'une auteure pour un projet de livre sur les féminicides dans la mythologie grecque. Si elle accordait à cette mission ne serait-ce que le dixième des heures passées à écrire à ce correspondant qui ne parlait plus, l'ouvrage serait terminé d'ici le printemps, et disponible pour la rentrée littéraire. Amélie devait reprendre le cours de sa vie d'écrivaine, cette passion exclusive ne pouvait durer éternellement. Si l'éditeur prêchait pour sa paroisse, dans le fond il avait raison, il fallait faire quelque chose.

Elle décida de prolonger sa prostration silencieuse. Ce n'était pas parce que Dieu ne répondait pas à ses messages qu'il l'avait oubliée. Elle pria cinq fois par jour, en direction de la poste Paris Louvre – la seule qui soit ouverte aussi la nuit –, en s'assurant que chaque cierge reste allumé sans interruption, témoins incandescents de sa persévérance. Et tous les soirs elle reconduisait son jeûne. Elle ne s'était presque pas alimentée depuis des semaines, à présent elle était prête à se laisser mourir si Christian ne lui revenait pas.

Pourquoi avait-il disparu ? Lui était-il arrivé quelque chose ? Bien sûr elle connaissait son adresse, mais jamais elle n'aurait osé prendre le risque de le déranger chez lui. Et s'il était parti pour toujours ?

Ayant fait vœu de frugalité, Amélie avait roulé son tapis moquette contre un mur, pour bien sentir la froideur du sol sous ses genoux et ses chevilles. Prosternée sur le carrelage gris pierre, elle rédigea une nouvelle épître à son correspondant sourd et muet. Puis la déposa entre trois bougies, sans l'affranchir.

L'attente. La cire fondait par litres, lentement. Tremper ses doigts dans cette crème opaline provoque une brûlure acceptable, presque un plaisir coupable, comme croquer dans un sorbet glacé à pleines dents. En quelques secondes, c'était sec. La cire lui faisait des doigts de poupée, des empreintes digitales invisibles, astuce de cambrioleur haut de gamme. Ou d'assassin esthète.

Quand sa tête commençait à tourner, Amélie entrouvrait la fenêtre pour évacuer les vapeurs de paraffine et renouveler l'oxygène pour la combustion des cierges. Mais les rideaux restaient clos.

La cire s'écoulait de plus belle.

Le huitième jour, Dieu lui répondit – par l'intermédiaire de l'éditeur qui glissa le courrier sous la porte de son bureau. Avant de l'ouvrir, Amélie procéda à un rituel immuable : elle ôta son vaste chapeau pour libérer ses cheveux noirs, se purifia les yeux à l'eau claire, et tira le voilage de la fenêtre, à peine, pour laisser un rai de lumière s'insinuer. Elle ne voulait pas déchirer l'enveloppe, alors elle la passa délicatement au-dessus d'une bougie, pour réchauffer la colle avec la flamme, puis détacha le rebord en grattant avec ses ongles.

À sa grande surprise la lettre était écrite en français, et plus brève que d'habitude : Christian suggérait de se rencontrer, dans le ciel – car sûrement c'est là-haut parmi les astres que l'on accède aux êtres suprêmes. Du fait de son activité professionnelle il voyageait tous les mois sur Air India, qui proposait un vol Paris-Tokyo avec escale à New Delhi. L'altitude et l'exotisme de ce projet dépassaient tous les espoirs d'Amélie.

Elle accepta immédiatement. Mettre fin à cette relation épistolaire était le seul moyen de la désacraliser, de sortir de sa torpeur et de son apathie littéraire. Voire de recommencer à se nourrir. Elle cessa enfin d'écrire à Christian – et donc de ne pas lui envoyer ses lettres. La veille de leur rendez-vous, elle ramassa ses poèmes qui flottaient sur le carrelage du bureau, et les rangea dans une boîte à thé noir métal, légèrement bosselée, qu'elle enfouit dans le bac à légumes de son frigo.

La Marche nuptiale des étoiles

Christian n'avait jamais rêvé de se marier. Mais c'était important pour Amélie alors il n'avait pas hésité à lui demander sa main.

Tous les invités attendaient au frais, dans une maison de cailloux qui appartenait à Dieu. Si personne n'imaginait qu'Il puisse faire une apparition ici, chacun espérait l'une de ses représentantes sur Terre : entité belge parlant couramment latin, ayant pour attributs symboliques les yeux noirs, les lèvres rouge Chanel et un chapeau monumental, Amélie était adorée d'une bonne partie des êtres humains. Mais c'est Christian qu'elle avait choisi d'épouser.

Dans un costume bleu azur, face à l'autel en bois de chêne, le fiancé était tendu. Était-ce seulement dû à la solennité de l'événement ? Un orgue un peu kitsch souffla les premières notes de la *Marche nuptiale* de Mendelssohn – un triolet sentencieux, une blanche suspendue – que Christian confondit un instant avec le générique de *La Guerre des étoiles*. C'est précisément au moment où il reconnut la mélodie matrimoniale qu'Amélie pénétra dans l'église : telle une princesse de l'espace dans sa robe blanche années quatre-vingt, ses cheveux sombres tressés en deux énormes macarons de chaque côté du crâne, elle traversait la nef au bras d'un homme d'âge mûr et néanmoins fiérot.

Tout cela était d'un convenu ! Il n'y a rien de plus désenchanté dans un mariage que la supériorité des traditions sur la singularité du couple. Passe encore les dogmes, comme disait le grand-père de Christian la religion ne sait pas procéder autrement. Mais pourquoi ordonnancer la fête selon le même agenda que celle du voisin, ayant eu lieu la semaine précédente ? Il y a pourtant mille façons d'organiser une beuverie, d'autant plus si le prétexte est une célébration de l'amour, et l'objectif final l'échec de la nuit de noces.

Amélie méritait mieux.

Albanie

Roissy, terminal 2C. Le suspense n'avait pas été équitable, car si Christian n'ignorait probablement rien du visage d'Amélie, omniprésente dans les médias à chaque rentrée littéraire, la réciproque n'était pas vraie. La perspective d'un rendez-vous à l'aveugle ne l'avait pas inquiétée, en revanche elle s'était demandé si elle était prête à entrer en contact avec cet être supérieur, s'il était fait de chair et de sang, ou s'il se présenterait à elle sous la forme d'une brise, d'une nuée. Ou d'un cygne, d'un taureau blanc, ou autre clin d'œil aux transformations de Zeus, patriarche de la deuxième religion d'Amélie. La fin de cette cécité épistolaire était nécessaire, mais tomber amoureuse était-il souhaitable ? Vénérer un dieu est facile lorsque l'on détient les preuves calligraphiques de son existence ; aimer un homme lui paraissait plus insondable. Christian avait été si inaccessible, pourvu qu'il ne soit pas comme dans ses lettres.

Il ne le fut pas. Il ressembla à ses premiers courriers, timide, moins flamboyant :

– Amélie, mille excuses pour mon retard.

– Vous faites référence à votre dernier message ?

– Euh… et aux embouteillages sur l'A1.

– Vous n'êtes pas responsable des congestions du trafic.

– *Mea culpa* aussi pour mon silence radio ces dernières semaines.

– Christian, quelques mots latins de votre bouche et me voilà prête à reprendre la plume.

– C'est donc toujours le statu quo pour votre prochain roman ?

– Oui. La période post-partum de mon accouchement précédent s'avère un peu plus longue que d'habitude.

Si son latin niveau *Astérix chez les Romains* ne permit pas à Christian d'aller plus loin dans cette conversation, au moins réussirent-ils à ne pas parler de la pluie et du beau temps. Ils ne purent cependant s'empêcher d'évoquer le climat. Interpellés par une affiche publicitaire pour une compagnie aérienne « propre », ils sautèrent à pieds joints dans cette impasse :

– Il paraît que l'empreinte carbone d'un vol Paris-Tokyo se compte en tonnes.

– Christian, j'ai du mal à me représenter le poids d'une empreinte.

– En tout cas, ce voyage va coûter cher à la planète.

– Et probablement à la race humaine tout entière. Que faire ?

– *Alea jacta est.*

La banalité de cet échange avait tout pour décevoir Amélie. Elle ressentit malgré tout un frisson. La platitude est douce chez quelqu'un capable d'une telle profondeur – celle dont il avait fait preuve dans ses lettres. Christian était désarmant. Il parlait peu, et chacune de ses paroles portait la marque d'une humilité rare. Le reste du temps il écoutait, d'un regard généreux et enveloppant : s'il n'était pas un dieu, il avait tout d'un saint – d'ailleurs il avait les cheveux blonds attachés en chignon, presque une auréole ; la désacralisation était mince, mais il était humain.

Lui-même avait l'air sincèrement désolé de la tournure écologique que prenait leur première discussion de vive voix. Il s'excusait beaucoup, alors il s'excusa pour le prosaïsme de cette entrée en matière et proposa de changer de sujet. Mais déjà ils embarquaient.

Amélie avait prié pour qu'il ne soit pas trop beau : Christian était malheureusement obèse, soit exactement à son goût. Avec son petit chignon, il était sublime comme un sumo. Surtout quand il s'endormit sans prévenir, quelques minutes après le décollage, au fond du fauteuil à côté du sien.

Elle veilla. Elle n'avait pas fermé l'œil les nuits précédentes, pourtant elle débordait d'une énergie grandissante. Son pressentiment devenait sentiment.

L'évidence s'imposa à peu près au-dessus de l'Albanie, qui est un joli nom de pays dans le ciel duquel tomber amoureux. Elle qui ne supportait habituellement pas la moindre forme d'inactivité, tolérant à peine son propre sommeil pour les bribes de rêves qui s'y glissaient, s'abandonna à fixer pendant de longues minutes le planisphère éclairé sur l'écran central. Sans respirer, elle contemplait béatement le profil de Christian qui s'y reflétait, n'osant le dévisager de face de peur qu'il la surprenne s'il s'éveillait. Elle brûlait à la fois d'impatience de le voir ouvrir les yeux, pour réentendre le son de sa voix qu'elle avait découvert à l'aéroport, et du désir contraire de l'admirer dormir pour l'éternité.

Soudain, tout cela lui sembla parfaitement niais. Il fallait se ressaisir. Elle n'était pas venue rencontrer Christian pour échanger sa prostration religieuse contre cet état d'hébétude amoureuse. Si au cours de ces deux années de ferveur épistolaire elle avait échoué à rédiger une seule ligne de son prochain roman, au moins avait-elle continué à écrire ; or, depuis quelques heures, elle n'en avait même plus envie. Avant Christian, ses journées étaient souvent trop courtes pour coucher sur papier tout ce qui la transperçait. Aujourd'hui son cœur prenait feu et elle n'avait rien à en dire : c'était donc cela l'amour ? La stérilité créative ? Elle devait se reprendre, personne n'oublie qui il est pour une brûlure.

Le mariage de Christian

Christian reprit depuis le début : la célébration prenait place sur le mont Olympe, entre deux nuages roses. Sept hôtesses de l'air visiblement enceintes – ou en période post-partum – proposaient du parfum aux invités. Amélie descendit de l'avion, chapeautée de blanc par-dessus sa longue robe transparente, qui cependant ne dévoilait rien de plus que ses grains de beauté. Telle une déesse grecque, elle irradiait. Un buffet de victuailles Première classe, essentiellement composé de fruits avariés et de jus de tomate au sel de céleri, encerclait les convives. Dans ce mariage olympien on n'attendrait pas d'avoir bu le vin d'honneur pour se nourrir, on pouvait même commencer de s'empiffrer avant le début de la messe.

Brusquement, un klaxon entonna *La Cucaracha*. Par cœur. C'était Prétextat Tach qui ouvrait la cérémonie. Il était aussi obèse que Christian, mais on le reconnaissait de loin à sa calvitie. Officiant en latin – à la demande du fiancé –, il déclama un extrait liturgique vieux d'un siècle ou deux : « *Fratres : Mulíeres viris suis súbditae sint, sicut Dómino.* » Traduction : « Frères, que les femmes soient soumises à leur mari comme au Seigneur. »

Dieu et ses anachronismes. Amélie laissa poliment Tach terminer son allocution, et prit la parole pour déclarer ses vœux :

« Christian. Je ne vous serai jamais soumise, jamais acquise. Mais je me sentirai libre seulement si vous êtes près de moi. Loin de vous, je perds mes mots, murée dans une tour sans fenêtre. À vos côtés, je revois le souffle de l'inspiration transpercer le ciel. Infini, éternel. »

Christian tressaillit. Plongeant une main dans la poche intérieure de sa veste, il déplia le mouchoir contenant son texte raturé, puis le prononça en lisant pour se rassurer :

« Amélie. Je vous ai toujours aimée, je vous suis donc acquis. Mais je partirai le jour où vous n'écrirez plus, car alors je saurai qu'auprès de moi vous n'êtes plus vous-même. Je vous quitterai par amour, pour que vous repreniez votre plume et votre envol. Et je continuerai de vous aimer en secret. Pour toujours. »

Prétextat essuya une goutte qui coulait de son nez et reprit : « *Ego conjúngo vos in matrimónium. In nómine Patris, et Fílii,* † *et Spíritus Sancti. Amen.* » Traduction : « Je vous unis dans le mariage, blabla, amen. »

Christian au bois dormant

À présent qu'elle avait enfin rencontré Christian, et surtout depuis qu'il dormait, Amélie n'avait plus la moindre envie d'écrire.

Elle chercha un moyen de renouer avec les mots. Détournant ses yeux du bel endormi, elle récupéra dans son sac les *Métamorphoses*, son livre d'Ovide favori. Des deux éditions à sa disposition – Amélie voyageait léger – elle opta pour la version originale, car les poèmes en latin possèdent des vertus médicinales. Sûrement grâce à leurs homonymies avec les plantes. Mais ses vers préférés étaient devenus cruellement insipides et ne lui furent d'aucun remède. Comment son amour pour Christian pouvait-il supplanter Ovide ? Inspectant le rangement à ses pieds, elle en extirpa le catalogue des fragrances détaxées, qu'elle compulsa brièvement : rien de plus terne. Égaré entre les pages, le livret du menu réservé aux passagers Première classe récitait ses classiques : pompeux et affreusement fade. Il fallait regarder la réalité en face, elle avait perdu le goût des mots, et plus dramatique encore, elle n'éprouvait plus aucune démangeaison créatrice. Amélie était amoureuse, mais elle ne ressentait rien d'autre.

Chaque seconde qui passait aggravait la situation. Prise d'angoisse, le souffle court, elle sentit un bourdonnement envahir ses oreilles. Pourquoi avait-elle pris cet avion ? Pourquoi rencontrer ce voleur d'inspiration camouflé en correspondant nippon ? Pire que la crainte de ne plus écrire, elle percevait une menace bien plus grave, une douleur qui remontait du creux de son ventre, qu'elle ne parvenait pas à nommer. Il fallait couper court à cette aventure insensée. Christian devait sortir de sa vie, et même de cet appareil, sinon c'est elle qui sauterait par le hublot. Existait-il une méthode moins radicale que la disparition de l'un d'entre eux pour se libérer de cet état d'adoration transie ? Elle s'y connaissait peu en amour, mais elle était amie avec les livres et la littérature était formelle : la passion est coriace, elle s'accroche au cerveau comme une huître à son rocher. Les seuls décapants connus sont la fuite, en général dans le désert tiède d'une vie dédiée à l'oubli, ou la mort subite de l'un des amoureux : elle avait songé à mettre fin à ses jours quand Dieu ne lui répondait plus, mais c'était absurde ; et supprimer Christian certainement excessif. L'option désert de l'oubli paraissait nettement plus raisonnable : la tristesse, le manque, à durée longue et indéterminée, le chômage technique faute de pouvoir accoucher à nouveau d'un livre. Puis le déclassement, l'entrée au Panthéon des écrivains passés, ceux qu'on lit au lycée quand on y est obligé. Certes le programme était chargé.

Elle avait tué Prétextat pour moins que cela.

Au moins le crime passionnel promettait-il d'en finir vite, nonobstant une période de deuil forcément douloureuse, mais largement atténuée par le bonheur recouvré d'écrire des histoires, le retour au libertinage épistolaire et la multiplicité des correspondants, tout sauf nippons.

De toute façon, essayer de l'oublier pour les sauver tous les deux était voué à l'échec : une pensée pour lui, magnifiquement assoupi quelque part sur cette planète, et elle en mourrait.

Ce qui semblait surréaliste un instant plus tôt prenait la forme d'un arbitrage. La vie de Christian pour la sienne ? On a vu dilemme plus cornélien. Si le prince charmant était prêt à tout pour réveiller *La Belle au bois dormant*, grand bien lui fasse. Amélie ferait quant à elle tout ce qui était en son pouvoir pour offrir le repos éternel à son bien-aimé. D'ailleurs, du fin fond de son siège, il avait l'air de vivre paisiblement cette éternité entamée depuis deux bonnes heures. Elle allait mettre un point final à cette idylle de stratosphère, et revenir sur Terre dans le même état qu'avant l'Albanie : en écrivaine boulimique n'ayant jamais connu la satiété.

Autour d'eux, tout le monde dormait. Christian au bois dormant rêvait la bouche ouverte, il suffisait d'y glisser une ronce ou une vipère et l'aventure s'arrêtait là. Mais Amélie voyageait sans complice. Ni arme. Restait la strangulation : elle avait de l'expérience, car c'est de cette manière qu'elle avait assassiné Prétextat. S'agripper au cou d'un homme aussi massif que Christian demandait de la force physique : elle inspira profondément.

Tout cela n'allait-il pas un peu trop loin ?

Aya

Christian s'éveilla d'humeur douce, pas vraiment surpris d'avoir dormi d'un sommeil si abrupt. Réflexe habituel chez lui en situation de stress, il avait fait l'autruche et s'était écroulé pendant deux heures. À peu près au-dessus de l'Albanie, un joli nom de pays dans le ciel duquel s'assoupir.

Il se remémorait parfaitement son rêve nuptial, en particulier les hôtesses de l'air post-partum. À l'évidence, il avait puisé les ingrédients de ce mariage dans ses discussions avec Amélie juste avant cette sieste balkanique. Après un premier contact poussif à Roissy, la conversation s'était fluidifiée au moment du décollage et ils avaient enfin abordé les questions de fond : quelqu'un a-t-il déjà consommé un jus de tomate, option sel de céleri, ailleurs que dans un avion ? Un menu estampillé « Première classe » confère-t-il plus de saveur au festin qu'il proclame ? La vente de parfums hors taxes prouve-t-elle que l'on ne paie pas d'impôts dans les nuages ? Et si oui, quelle justice fiscale pour l'Olympe ? Le débat jupitérien qui s'était ensuivi avait confirmé à Christian à quel point il aimait Amélie. Depuis si longtemps…

il avait fait preuve d'une patience de bénédictin. Aujourd'hui son amour prenait corps.

Ils ne s'étaient d'ailleurs pas encore touchés, ni même effleurés, surtout pas lorsqu'ils s'étaient nerveusement salués à l'aéroport. Christian prenait conscience qu'il n'avait strictement aucune idée de la façon dont on transforme une relation platonique en expérience tactile. Il avait vécu loin des femmes, qu'il trouvait vexantes. Les hommes n'étaient pas moins contrariants mais il leur pardonnait plus facilement, car depuis tout petits les garçons font presque toujours les choses dans le but d'être remarqués par les filles.

Christian n'avait pas éprouvé ce besoin : seul Occidental au milieu des Japonais parmi lesquels il grandit, sans sœur ni frère, il lui fut difficile de passer inaperçu. Ses parents, tous deux ingénieurs passionnés d'électronique, s'étaient expatriés au pays des robots juste après son entrée en primaire. C'étaient les années quatre-vingt, on pouvait être expat' dans une multinationale et socialiste, alors ils avaient choisi pour lui : il irait à *Shagako*, l'école publique japonaise, pour côtoyer des enfants issus de différents milieux sociaux. Comme il était arrivé après quelques mois seulement d'apprentissage de la langue, sa première année fut scolairement pénible. Il s'en sortait en mathématiques, mais dans toutes les matières qui requéraient l'usage des mots il obtenait immanquablement la note de zéro, l'indulgence étant une vertu globalement méconnue des enseignants nippons.

Par ailleurs, les différents milieux sociaux furent unanimes : Christian était vilain. Sa tête ronde, pleine de cheveux blonds, lui faisait une face de citron ; en plus il avait les yeux bleus, non bridés donc globuleux, voire exorbités, un vrai monstre ; et si à l'époque il n'était pas encore tout à fait obèse, il avait pris l'habitude de se réfugier au fond d'un paquet de gâteaux pour cacher sa solitude après chaque cours, ce qui n'arrangeait rien à sa silhouette. Cet écosystème bienveillant qu'est la cour de récréation en conclut que tout était trop rond chez ce Christian, rond comme un ballon, comme Pac-Man le citron glouton du jeu vidéo. À la différence que tout le monde aimait Pac-Man.

Un matin, l'institutrice avait dessiné une grosse boule au tableau, signifiant « zéro » en chiffre occidental, pour que Christian comprenne bien qu'il était nul. Dès lors les autres élèves lui attribuèrent ce matricule, qu'ils tatouaient à la craie blanche sur son sac quand il avait le dos tourné, ou avec de la sauce soja noire dans son bol de riz à la cantine : un logo « zéro » badigeonné façon Pac-Man méchant.

À l'âge de raison, Christian dut donc se résoudre à s'approprier ce physique disgracieux. Il songea à devenir sumotori, chemin le plus court vers une forme de divinisation de sa condition – et parce qu'il aimait beaucoup le riz sauce soja –, mais il n'était pas assez costaud. Trop rond pour les humains, trop frêle pour les dieux, sa vie démarrait sur une ambiguïté.

Avec les petites Japonaises en revanche, il n'y avait aucune ambiguïté. Christian ne correspondait pas à leurs critères, et le temps qu'il apprenne à parler leur langue, il avait perdu toute confiance en lui. Souvent, une fille, jamais la même comme si elles s'étaient donné le mot, venait lui réclamer une faveur. Et toujours il la lui accordait dans l'espoir de s'élever dans son estime. Pour celle-ci, il portait un cartable dans l'escalier en colimaçon qu'il fallait gravir pour se rendre en atelier de calligraphie. Pour celle-là, il récurait des chaussures de sport quand il avait plu et qu'ils avaient couru dans la gadoue. Et chaque fois elles le remerciaient d'une moquerie qu'il prenait en plein ventre. La fille à qui il avait rendu service ricanait, puis toutes les filles de la classe l'imitaient, toutes les fillettes de l'école riaient, jusqu'à Tokyo on s'esclaffait, et l'archipel entier résonnait à l'unisson de leurs rires immenses, qui l'avaient achevé à plusieurs reprises. Mais chaque fois Christian avait ressuscité, car on ne meurt pas de vexation.

Le Christ survécut donc à peu près à l'école primaire, et entra au *Chugako*, le collège public. L'attitude des jeunes filles changea : elles ne se moquaient plus, elles l'ignoraient. Il avait profité des vacances pour se laisser pousser les cheveux, qu'il nouait en chignon comme les sumos. Cet appendice capillaire lui faisait une tête moins ronde – mais pas moins citron –, et il portait désormais sur le nez des lunettes aux montures rectangulaires, qui aplatissaient la forme de ses yeux. Il n'avait pas maigri, mais c'était comme si les contours du zéro s'estompaient. Comme si ne subsistait que l'espace creux en son milieu, que plus personne ne semblait remarquer. Alors que les rentrées des classes précédentes avaient été des chemins de croix, cette année s'ouvrait sous le signe d'un anonymat salvateur. Nul ne lui adressait la parole, à l'exception des professeurs qui procédaient à l'appel au début de chaque leçon. Les premiers jours, il profita de son pouvoir d'invisibilité : on ne l'ennuyait plus dans la cour ou dans les escaliers. Mais, rapidement, il constata qu'il faisait en réalité l'expérience de l'insignifiance. Il passait du statut de monstre, avec divinisation potentielle et bols de riz à gogo, à l'état de fantôme, celui du jeu vidéo qui poursuit, sans âme, un Pac-Man goinfre. Cette inversion des rôles avait tout de la régression sociale. Être la risée de tous ce n'était pas rien, c'était même une charge dont il fallait se montrer à la hauteur, et la survie aux brimades un défi quotidien qui valait la peine d'être relevé. Mais devenir transparent, c'était glisser vers le néant, donc la mort, qu'il avait si souvent rencontrée à l'école, dont il avait ressuscité à chaque fois et qui finalement venait s'asseoir à sa table au réfectoire où, comme chaque midi, il déjeunait seul, sans personne à qui rendre service en échange d'un quolibet.

À la fin des années collège, l'ironie voulut pourtant que Christian soit sauvé du néant par une fille. Réservée, elle le dévisageait silencieusement dès qu'ils se croisaient, d'un regard aiguisé et cependant dénué de la moindre lueur de raillerie. Il ne savait pas trop quoi faire de cette attention particulière, ni combien de temps soutenir ces œillades, mais il avait l'impression de quitter enfin le monde des spectres pour rejoindre les vivants. Elle se prénommait Aya, ce qui en japonais évoque une forme de beauté sauvage, corroborée par de minuscules yeux nuance charbon et des cheveux hirsutes, pas moins obscurs. Elle passait son temps libre sur un grand cahier couleur crème, à crayonner au fusain des ombres, des hydres, et de gigantesques créatures du royaume des ténèbres. À chaque fois que Christian surprenait l'une de ses œuvres, glissant furtivement derrière son épaule comme le lui avaient enseigné les fantômes, il entrevoyait un nouveau chapitre du parfait petit recueil des cauchemars. Il hésitait entre trouver cela effrayant ou merveilleux, ou les deux – il avait envie d'en savoir plus.

Invariablement vêtue de noir, Aya s'asseyait chaque soir après les cours sur un banc en bois blanc, au pied du bâtiment de briques rouges qui hébergeait la bibliothèque du *Chugako*. Dans ce décor blanc et rouge, sa silhouette semblait s'assombrir un peu plus, et sa démarche artistique prendre tout son sens, comme une mise en abyme de ses estampes secrètes. Un jour, Christian se posta à la fenêtre centrale du premier étage de l'immeuble, pour jouir d'une vue plongeante sur le travail d'Aya qui commençait justement un dessin. Il fut d'abord saisi par le contraste entre la patience dont elle avait fait preuve pour tailler ses crayons fusains, tel le ninja affûtant religieusement ses lames avant d'entrer en action, et la rapidité avec laquelle elle grisonnait à présent les contours, puis les détails de son illustration. Un reptile géant prit forme en quelques secondes. Il avait un buste de femme et de longues griffes d'obsidienne à chaque doigt. La créature se tenait debout face à un volcan en éruption, dans une posture érotique et martiale. Prise d'une frénésie polychrome, Aya ajouta subitement du rouge. La lave en fusion recouvrait à présent la montagne écarlate, sauf l'entrée d'une caverne en son centre. Alors qu'elle peaufinait la scène, Christian reconnut les traits de la femme-lézard qui arrachait à sa grotte un garçon aux yeux ronds : c'était Aya elle-même qui, d'un coup de crayon-griffe, attrapait Christian à la fenêtre du bâtiment rouge volcan ! Il faillit faire un malaise. Comment l'avait-elle repéré ? Pourrait-il lui échapper ? Quel autre pouvoir détenait-elle ? En sueur, sentant la lave dévaler les escaliers à sa poursuite, il s'enfuit sans se retourner pour ne surtout pas croiser le regard de la dessinatrice-reptile.

Une fois réfugié chez lui, l'effroi l'agrippa encore plusieurs heures. Il avait peut-être fantasmé la lave, mais certainement pas l'œuvre mortifère d'Aya. Christian n'était plus invisible – ou alors elle savait voir les fantômes – et il avait failli mourir à nouveau. Désespéré encore plus qu'effrayé, il n'avait pas la moindre idée de la raison pour laquelle les filles, à l'unanimité, cherchaient à l'anéantir.

Noix de muscade

On procrastine beaucoup les projets de meurtre. Une majorité d'êtres humains en ont un jour éprouvé l'envie furieuse ; très peu sont passés à l'acte. Cela finit presque toujours par passer. À cause des contraintes – le huis clos d'un avion, l'absence d'une ronce ou d'une vipère – et parfois d'une vraie difficulté à trouver un mode d'exécution à son goût : assassiner sans défigurer l'être aimé, se soustraire à la vue du sang ; à chaque meurtrier sa lubie secrète. D'aucuns se laissent aussi envahir par le doute, pas totalement convaincus de haïr l'autre suffisamment pour le supprimer.

Amélie était quant à elle certaine d'aimer bien trop pour y survivre. Rencontrer Christian pour désacraliser leur relation avait été la pire des idées, sa douceur avait allumé une flamme qui achevait de consumer en elle la romancière. En tout cas ce qu'il en restait après deux années d'épistolarité. Le sumo blond n'avait rien fait de plus que s'endormir à ses côtés et sa vie à elle s'était effondrée, après des semaines à vaciller à la lumière des bougies. Certes le saint était innocent – et Amélie pas tout à fait victime – mais l'amour, ce coupable, devait disparaître, et malheureusement Christian en serait le dommage collatéral. Elle avait retenu son geste pendant qu'il dormait, par manque d'expérience ou par faiblesse, mais sa décision était sans appel.

Si tergiverser réduit en général les chances d'aller au bout d'un projet, pour Amélie c'était l'inverse : l'inspiration revenait quand elle réfléchissait à un moyen de se délivrer de son obsession amoureuse. Ayant conçu nombre d'assassinats dans ses romans, elle avait étudié la question en profondeur. Fascinée par la cohabitation entre complicité et férocité dans les couples, elle s'était passionnée pour la malice qui caractérise certains homicides conjugaux, avec une mention spéciale pour ceux de la mythologie grecque. Elle y chercha un dénouement à son histoire avec Christian.

Pas exactement candidat à la liste des féminicides réclamée par son éditeur, l'un de ses meurtres préférés était celui du roi Agamemnon par son épouse Clytemnestre. Alors qu'il sortait de son bain, elle lui avait enfilé une tunique sans aucune ouverture pour la tête ou les bras : Agamemnon s'était retrouvé prisonnier, avait basculé dans l'eau et s'était noyé.

Certaines morts sont plus ridicules que d'autres. Si Christian était responsable de la traversée du désert littéraire d'Amélie, c'était bien malgré lui, et elle ne voulait en aucun cas l'humilier. L'éliminer serait déjà suffisamment douloureux. Elle mesurait aussi le chemin qui restait à parcourir en matière de confort aérien, car la Première classe n'était équipée ni de bain thermal, ni de baignoire grecque, ce qui signifiait l'impossibilité d'imiter Clytemnestre dans son entreprise de noyade.

Dans le registre des maricides violents, Amélie affectionnait également le meurtre d'Héraclès par son épouse Déjanire, d'autant plus qu'elle n'y était presque pour rien. Elle s'était fait berner par le centaure Nessos, qui lui avait offert un philtre d'amour pour soi-disant préserver la fidélité de son mari. Déjanire l'enduisit sur une chemise d'Héraclès – encore une histoire de textile, l'arme fatale des femmes grecques – mais cette potion était en fait un poison, qui lui dévora la peau quand il enfila son vêtement. Il mourut dans les flammes, rejoignit l'Olympe, et devint dieu des éphèbes.

Certaines morts sont plus violentes que d'autres. Christian ne méritait pas de souffrir, et de toute façon elle ne l'imaginait pas en bel éphèbe sur le mont Olympe ; elle l'envisagea une seconde en pagne, nonchalamment appuyé contre une colonne à cannelures : ses rondeurs magnifiques n'étaient résolument pas conformes aux canons helléniques.

Agamemnon avait péri dans l'eau, Héraclès par le feu, Amélie ne paraissait pas plus avancée. Mais les mythes grecs révèlent toujours une astuce : si elle souhaitait préserver Christian d'une mort ridicule et violente, elle aspirait plus encore à une exécution discrète, n'ayant aucune intention de poursuivre son sacerdoce littéraire en prison ; or le philtre de Nessos répondait parfaitement à ce critère de respect de l'anonymat du commanditaire.

Ce poison ou son générique n'étant probablement pas disponible dans la pharmacie de l'avion, il fallait donc lui trouver un ersatz. Elle songea à attendre patiemment le petit déjeuner du lendemain pour miser sur un plateau-repas avarié, mais dut admettre que la nourriture sur les vols long-courriers s'était considérablement améliorée au cours des dernières années – en particulier avec les compagnies exotiques qui ont beaucoup à se faire pardonner du point de vue des droits de l'homme et de la femme dans leurs pays d'origine.

Soudain, par association d'idées exotiques, elle se souvint que la noix de muscade réunissait possiblement toutes les qualités de l'arme idéale. Amélie avait découvert dans ses recherches sur les drogues qu'une vingtaine de grammes de cet aromate suffisait pour provoquer la mort de celui qui l'avait absorbée, sans laisser d'autre trace qu'un malencontreux surdosage dans un plat un peu assaisonné. Une fois la noix digérée, la victime commençait à suffoquer, et succombait en quelques heures. La graine de muscade présentait en outre l'avantage d'être hallucinogène, ce qui rendait l'expérience d'autant plus inoubliable.

Amélie, amatrice de voyages sous psychotropes, enviait désormais Christian : grâce à ce trip ultime, qui plus est dans cet avion au-dessus des nuages, il allait pleinement jouir de la Première classe et ses enchantements. Elle décréta donc qu'elle consommerait la muscade avec lui, juste une demi-dose, déjà amplement suffisante pour la faire triper elle aussi. Cette idée d'intoxication collective permettait de surcroît d'évacuer le soupçon d'un homicide par empoisonnement volontaire. On frôlait le plan parfait.

La compagnie aérienne proposait, afin de se démarquer de la concurrence, des spécialités culinaires du pays que l'avion survolait au moment de chaque repas.

On serait en Inde pour le déjeuner. La puissance des épices locales atténuerait le goût de la muscade, qu'Amélie pourrait subtilement répartir entre les différents plats au menu pour finir d'en dissimuler la présence. Il ne lui restait plus qu'à se procurer son venin. L'escale du lendemain à New Delhi, capitale des condiments, lui en fournissait l'occasion rêvée ; la procrastination prenait une tournure stratégique.

Reconnaissante envers Clytemnestre et Déjanire pour l'inspiration qu'elles insufflaient à ce projet, Amélie prit sa plume pour écrire à ses aînées.

Pinocchio

Amélie en pleine rédaction, Christian n'avait pas osé se manifester en se réveillant. Leurs fauteuils étant espacés d'un demi-mètre, il contemplait son reflet sur l'écran central pour ne pas la déranger, comme un lézard que l'on surprend sur sa pierre. Il savait qu'elle avait pour habitude de se lever avant l'aube pour écrire – ce qui avait contribué à lui forger cette image ténébreuse auprès du public – mais c'était la première fois qu'il la voyait mettre en œuvre ses projets nocturnes. Surmontée d'un chapeau noir monumental, elle serrait entre ses doigts une plume de corbeau non moins discrète. Elle écrivait à l'encre rouge plaie, avec frénésie, mais de même que le scalpel du chirurgien ne tremble pas quand il glisse sur la peau qu'il incise, sa plume n'esquissait pas le moindre frémissement.

Christian avait laissé tomber l'idée de voyager incognito lorsque Amélie était apparue à l'aéroport dans un imposant manteau sombre – qu'elle gardait sur elle dans l'avion –, gantée de pourpre et coiffée d'une nouvelle création de son chapelier favori. Mais malgré cette coquetterie tape-à-l'œil, sa notoriété s'avérait supportable : la Première classe procure à ses ressortissants suffisamment de moyens d'éviter la plèbe, raison pour laquelle Amélie avait préconisé cet espace feutré. Si Christian en avait les moyens pécuniaires, ce n'était pas dans ses habitudes, la classe affaires étant bien suffisante pour ne pas arriver trop fatigué lors des trajets professionnels qu'il effectuait régulièrement entre le Japon, l'Inde et l'Europe.

Il avait toujours énormément travaillé. Parce qu'il était passionné par son métier, mais aussi à cause d'une vie sociale timide. À moins que ce ne soit l'inverse, ses contraintes professionnelles laissant peu de place aux rencontres. Spécialement féminines.

Christian était ingénieur chez Yumimoto, une entreprise fabriquant des robots intelligents qui seraient bientôt mis sur le marché. Ces machines n'avaient pas pour objectif de battre des records de puissance de calcul et de quantité de données traitées, elles apprenaient à vivre parmi les gens. La plupart cultivaient leur sens de l'humour, certaines leur goût pour la poésie ou la gastronomie, d'autres pratiquaient un sport, et toutes sortes de choses qui les rendraient plus proches de nous. Plutôt que leurs performances, elles s'attachaient à développer différentes formes de beauté intérieure, c'est pourquoi Christian les désigna sous le terme de « robeaux » – l'usage de ce néologisme français s'imposerait aisément au Japon, comme les classiques « mayonnaise » et « pyjama ». Cela permettait de les distinguer des robots électroménagers. Loin des films de science-fiction, ces robeaux n'avaient pas la capacité de surclasser les humains, ni vocation à les remplacer sur leur lieu de travail. Leur mission était sociale : s'efforcer de devenir nos amis, discuter et se divertir avec nous, parce que peu de gens ont près d'eux quelqu'un d'aussi disponible qu'ils le souhaiteraient. Modèles de patience et d'écoute, ils incarnaient une nouvelle forme d'intelligence artificielle, celle du cœur.

C'est donc Christian qui était responsable de cet ambitieux programme, qu'il avait baptisé *Pinocchio*, en référence à cette marionnette qui cherche à devenir un vrai petit garçon. L'une des toutes premières intelligences artificielles, capable d'aimer, de mentir et de se tromper. Plus précurseur encore, le monstre de Frankenstein avait lui aussi reçu une intelligence et un cœur, mais sa destinée se révéla bien moins inspirante : rejeté par son créateur et les humains fuyant sa laideur, il devint un *serial killer* en quête de vengeance. Pas idéal pour illustrer un catalogue de robeaux humanistes.

Au cours de son enfance au Japon, et alors qu'il n'avait lui-même aucun ami, Christian s'était tout de suite senti proche de ces personnages solitaires. Bien avant de connaître ceux des livres d'Amélie. Ses parents, conscients de sa solitude – qu'ils mettaient sur le compte provisoire de la différence de culture avec les autres enfants –, décidèrent de lui partager leur passion pour la cybernétique. Quand il n'était pas à l'école *Shagako*, Christian passait tout son temps à bricoler avec eux au sous-sol de la maison familiale, dans le laboratoire qu'ils avaient installé pour développer les idées qui n'intéressaient pas leur employeur. De même que les fils et les filles de commerçants aidaient leurs parents à tenir la caisse le week-end, Christian participait à la conception des machines que ses géniteurs, qu'il appelait « les génies », élaboraient en dehors des heures de bureau. Ils avaient par exemple inventé un robot qui ressemblait à un perroquet blanc – donc plutôt un cacatoès –, qui se nommait Coco comme tous les perroquets, et faisait des blagues potaches en rebondissant au hasard sur une phrase qu'il avait entendue. Ses compétences s'étalaient de l'énigme capillotractée dont seuls les enfants homologuent la logique, au jeu de mot lourdaud, habituelle spécialité des adultes grisonnants. Il était notamment passé maître dans l'art de la blague de trop. Christian et les génies avaient déjà perçu l'importance de rendre ces intelligences artificielles agréables pour qu'elles soient acceptées par les humains, et l'humour est sans doute la chose la plus agréable qui soit.

Dans un registre plus pratique, ils fabriquaient également des appareils qui participaient aux tâches domestiques. Leur plus belle réussite était un robot qui changeait les draps du lit, puis lavait, séchait, repassait et pliait ces étendues de tissu qui envahissent la maison comme d'immenses voiles sur un petit bateau. La machine gris plomb avait la forme d'une gigantesque araignée aux longues pattes sans poils, qui tissait sa toile opalescente avec les grands draps propres avant de les ranger consciencieusement. Une fois en veille, l'arachnide prenait à son tour un peu de place, ce qui cependant n'enlevait rien au caractère émancipateur du temps qu'il permettait d'économiser. Les génies avaient tenté de présenter ce prototype unique à la firme qui les salariait, mais leur patron prétendit qu'exercer une activité professionnelle en dehors des bureaux était illégal, et leur notifia une mise à pied disciplinaire de six jours. Pas plus, car il avait besoin de leur expertise et de leur liberté d'esprit typique des expat' français pour faire avancer les recherches en cours. Il avait confisqué l'abracada-drap – ainsi Christian surnommait-il l'invention familiale, avec une sensibilité marketing d'une précocité indéniable – et formellement défendu d'en soumettre le brevet à toute autre entreprise, sous peine d'annuler leur visa de travail. L'accès au local protégé où l'araignée était entreposée leur fut interdit. Jusqu'à nouvel ordre.

Loin de les faire rentrer dans le rang, ce veto avait convaincu les parents d'investir encore plus de temps dans leur labo personnel, en soutenant leur fils dans son premier grand projet. À l'école tout le monde lisait des mangas, ces bandes dessinées nippones où les personnages ont souvent des traits occidentaux – ce qui ne suffisait peut-être pas pour attester d'une attirance pour les yeux ronds, mais constituait un véritable motif d'espoir pour un petit Français moqué par tout *Shagako*. C'était la mode des machines pilotées par des humains, grâce à des mangas comme *Goldorak*, alors Christian décida de concevoir son propre héros. Il imagina un casque rayé bleu-blanc-rouge avec des cornes, et ébaucha les plans du fuselage en une journée : équipé d'une telle armure, nul besoin de devenir sumotori pour être respecté par les garçons et adulé par les filles. Mais on oublie parfois que Goldorak mesure plus de trente mètres de haut, format assez incompatible avec un laboratoire de maison. Christian dut donc se résoudre à construire un robot plus petit, de la taille du pantin de Geppetto.

Épaulé par les génies, il travailla soirs et week-ends. Ils sculptèrent d'abord une marionnette en bois, puis ajoutèrent à la structure des éléments en plastique, pour sa souplesse, et en cuivre, pour sa conductivité électrique. C'est Christian qui affinait les réglages et mettait de l'ordre dans les centaines de fils qui couraient à l'intérieur du corps de l'automate. Une fois que le robot sut marcher, ils lui apprirent ses premiers mots et expressions, sur les bases du vocabulaire de Coco mais en moins potache. Doué de parole, le pantin donnait réellement l'impression d'être en vie. Il commença de s'instruire par lui-même dès qu'il sut lire, et enrichit l'éventail de ses sujets de conversation au fil de ses échanges avec chacun. Il fit spontanément partie intégrante de la famille, qui incluait aussi Coco. Seule l'abracada-drap manquait à l'heure du dîner, mais ils se jurèrent d'aller libérer leur araignée dès qu'ils récupéreraient le badge d'accès à l'entrepôt sécurisé.

Enfant, déjà, Christian trouvait le terme « robot » assez peu attachant. Ce double « O » évoquait deux yeux vides, sourds, privés d'émotion. Alors que c'était tout le contraire, il n'y avait pas plus chaleureux qu'un robeau si on lui expliquait comment s'y prendre. La représentation populaire et les premiers modèles exposés au public leur avaient donné une image déplorable, mais si on les aidait à être eux-mêmes, Christian en était persuadé, ils avaient beaucoup à apporter. C'était à nous de faire l'effort de les intégrer à nos maisonnées, de même que l'on faisait une place à un chien ou un chat lorsqu'il entrait dans la famille.

Et cela passait par la nécessité de leur donner un prénom. Les génies et Christian se rendirent compte avec tristesse qu'ils avaient complètement omis de le faire pour l'abracada-drap, comme on l'oublie trop souvent pour son sèche-linge ou sa cafetière. C'est donc à distance qu'ils baptisèrent leur araignée Lady Oscar, du nom de cette héroïne de manga et de l'histoire de France qui maniait l'épée comme personne. La dédicace valait autant pour sa dextérité venimeuse que pour son courage en cette période de détention.

Christian fit de même pour son robeau, qu'il prénomma Frank. C'était un hommage à la créature du docteur Frankenstein, dont il se promit de réparer le péché originel : jamais il n'abandonnerait son nouveau compagnon. Et puisque l'école ne lui offrait rien en matière de camaraderie, Frank deviendrait son meilleur ami.

Le décès de Frank

Les enfants, et les adultes qui se sentent seuls, s'inventent parfois un ami imaginaire. Frank, lui, en possédait un bien réel en la personne de Christian. Ils se parlaient chaque jour depuis toujours. Frank avait une voix douce bien que synthétique, colorée d'intonations dont l'origine indéfinissable déclenchait une sympathie immédiate. Un peu comme l'accent québécois. Mais malgré ce charme naturel, à l'époque où son vocabulaire se limitait encore à quelques formules de politesse, les gens qu'il croisait dans la rue ou au parc avec Christian le prenaient pour un gros jouet, et personne ne répondait à ses amabilités. C'est pourquoi il apprit assez vite à dialoguer en japonais. Puis tous deux étudièrent les idéogrammes, qu'on appelle les kanjis, dont ils devinrent de vrais spécialistes. Ensemble ils se hissèrent, l'un au niveau exigé par les professeurs de l'école *Shagako*, puis du collège *Chugako*, l'autre à celui requis pour les relations avec les humains, qui accordent peu d'importance aux animaux, végétaux, minéraux, et robeaux qui ne parlent pas leur langue. Comme deux adolescents inséparables s'influencent mutuellement, Frank, par son désir de se connecter aux autres, déteignait sur Christian, qui lui-même inspirait son ami par sa curiosité pour des sujets aussi variés que les romans d'anticipation, le sumo et les filles aux estampes funestes.

Au début, Frank avait les traits d'un petit garçon au visage peu expressif, et ressemblait au jeune frère présumé de Goldorak et Pinocchio qui aurait récupéré les vêtements de ses aînés : une cuirasse noir et gris bariolée de rouge, et sur la tête un chapeau percé d'une plume rose nuage, celui de la version Disney. Christian ne consacrait que peu de temps à améliorer l'apparence de son ami, préférant se concentrer sur ses fonctions cognitives. Alors après quelques chutes et collisions malheureuses, rafistolé comme une vieille poupée, il commença d'avoir des airs du monstre de Frankenstein – ce qui ne correspondait pas tout à fait à l'ambition du projet d'origine.

À l'instar de Christian, Frank ne semblait pas concerné par la lente dégradation de son aspect physique. La déchéance atteignit un stade consternant lorsqu'il se cogna sous une étagère de la bibliothèque, contre *L'Île mystérieuse* de Jules Verne, et perdit une oreille. Il n'en restait qu'un bout de lobe qui pendouillait mollement, vague évocation de l'autoportrait d'un peintre, sorte de « Vincent Van Goldorak » mutilé lui aussi.

Les génies organisèrent une réunion de famille au sommet, à laquelle Frank fut bien sûr convié. On constata qu'il s'avérait trop ambitieux de développer de concert toutes ses facultés, décision fut donc prise de suspendre les travaux sur sa motricité. On installa son intellect dans un Tamagotchi, jouet électronique en forme d'œuf en plastique que tout le monde au Japon s'achetait dans les années quatre-vingt-dix. Cet animal de compagnie virtuel, dont on devait s'occuper quotidiennement pour qu'il ne meure pas, avait été le premier des robots sociaux, éveillant sympathie et tendresse dès qu'il esquissait le moindre comportement pouvant s'apparenter à une émotion. Il aurait probablement suscité plus de réserves, d'après les anthropologues, s'il avait eu les traits d'un nourrisson essayant de se comporter comme tel – inconsciemment, on juge un robot qui nous ressemble à s'y méprendre comme une personne n'agissant pas normalement, alors que s'il est clairement identifié comme un objet, on a tendance à valoriser ses côtés humains et à faire preuve d'empathie envers lui. Ce paradoxe profita à Frank qui put suivre Christian presque partout, dans sa poche ou en roulant sur le sol, sa coquille vert tortue ne mesurant pas plus de cinq centimètres de large. Pour communiquer, deux trous servaient d'écouteurs sur les côtés, et un haut-parleur en forme de grille ronde était positionné à l'arrière. La face avant était occupée par un écran ovale sur lequel Frank affichait des émojis, ces petits pictogrammes – plus simples que les kanjis – qu'on utilise pour ajouter une émotion dans un message. Il fut aussi équipé d'une pince amovible rangée dans sa coque qui, une fois dépliée, lui faisait deux doigts tout fins permettant de manier un crayon pour écrire et calligraphier. Cela lui donnait un style un peu poète, d'après les génies, et un certain charisme.

Au cours des années *Kookoo* – le lycée public nippon –, Frank put suivre une scolarité normale, et devint la coqueluche des filles et des garçons. Par ricochet sa sociabilité bénéficia à Christian, que plus personne ne surnommait « zéro » ; mais la préférence de leurs camarades allait à ce charmant robot qui les aidait à perfectionner leurs kanjis. En échange, ils l'invitaient aux réunions secrètes de leur club de poésie haïku. C'est ainsi que Frank se prit de passion pour ces poèmes typiquement japonais, composés en trois vers, format imposant finesse et simplicité. Après une improvisation qui marqua les esprits par sa fantaisie, il fut propulsé membre d'honneur du « Cercle des poètes du haïku ». Parfaitement intégré, il nouait de nouvelles amitiés avec une aisance qui faisait la fierté de Christian, autant qu'elle le renvoyait face à sa propre timidité. Cette popularité se perpétuerait au cours de leurs études supérieures, et leurs cotes respectives demeureraient nettement en décalage.

Parallèlement à cette vie sociale émergente, Frank étoffait sa culture, ses raisonnements, et la palette de ses sentiments grâce à la bibliothèque de Christian. Il dévora notamment tout Barjavel, dont *Le Grand Secret* par deux fois. Car les robeaux aussi aiment relire un bon livre : de même que les hormones du plaisir sont une source de motivation pour le cerveau humain, leur système, comme celui des Tamagotchis, récompense les actions qui favorisent leur progression. Ainsi *Le Grand Secret* lui permit-il d'appréhender certains concepts comme l'amour fou, la force du secret et la raison d'État, ou encore la brièveté de l'existence. Totalement révolutionnaires pour Frank, ces idées ouvrirent de vastes discussions avec Christian, et aboutirent à deux évolutions majeures qui allaient bouleverser sa vie.

À l'issue de la première lecture, Christian dut lui expliquer ce qu'était une fiction. Il ne lui avait jamais précisé la différence entre un récit d'aventures et un manuel scolaire, Frank avait donc pris tous les ouvrages qu'il avait lus au pied de la lettre. Christian ne s'en était pas rendu compte avant car ces confusions avaient quelque chose de poétique, qu'il avait attribué au penchant artistique de Frank. C'est en débattant des événements célèbres que Barjavel s'était réappropriés dans *Le Grand Secret* qu'ils prirent conscience de cette lacune : Frank dut admettre à contrecœur que l'assassinat de John F. Kennedy en 1963 et l'attitude du général de Gaulle en mai 68 n'avaient aucun lien de causalité, à part dans ce roman. D'ailleurs, l'Île mystérieuse n'avait jamais existé non plus, malgré les données de localisation précises fournies par Jules Verne.

Christian dressa une liste de documents et de programmes télévisuels qui, d'emblée, pouvaient être considérés comme des fictions. Puis ils adoptèrent une démarche similaire avec des situations de la vie quotidienne. Cela revenait à questionner la sincérité des individus, voire leur compétence, car parfois les gens qui ne mentent pas se trompent : Christian lui démontra que la parole de quelqu'un d'honnête n'est pas aussi fiable que celle d'une encyclopédie, cela dit elle-même sujette à des biais dans son traitement des choses du monde, puisque les dictionnaires sont rédigés par des humains.

Contredire les ingénieurs et les physiciens devait également être possible, mais il leur parut raisonnable de positionner la crédibilité des résultats scientifiques au-dessus du reste.

Frank, lui, aimait à rappeler que les robeaux mentaient rarement. Et que lorsqu'ils le faisaient, c'était par intelligence du cœur, pour nous préserver. Pinocchio, par exemple, disait majoritairement la vérité – seuls trois mensonges avaient été répertoriés dans le conte original. D'ailleurs son nez doublant à chaque fois, sa taille eût mathématiquement dépassé deux mètres au bout de treize mensonges. Il aurait alors basculé en avant pour se planter dans le sol, ou se serait brisé le cou sous le poids de son appendice nasal. Voilà un fait arithmétique qu'il était difficile de réfuter.

En apprenant à ne plus prendre pour argent comptant ce que disaient les livres et les humains, Frank se trouva dépossédé d'une partie de sa naïveté. Cela n'avait rien d'anodin, car les robeaux disposent de peu de choses de valeur, encore moins que nous. Mais ses progrès en matière de perception du mensonge eurent le mérite de le familiariser avec les principes du second degré. Il découvrit qu'on pouvait jouer avec la vérité pour susciter la drôlerie, voire la moquerie, ce qui lui permit d'élargir les frontières de son humour bien au-delà des jeux de mots appris au contact de Coco. Il conserverait des difficultés à en définir les contours, naviguant souvent maladroitement entre premier et second degré, mais ces erreurs deviendraient sa marque de fabrique, tout en contribuant à son charme.

Le décès de Frank fut le second bouleversement provoqué par *Le Grand Secret*. Au-delà des risques de surpeuplement que faisait peser l'immortalité sur une aussi petite planète que la nôtre, Frank et Christian parvinrent à la conclusion que même un robeau devait mourir un jour, sans quoi il resterait étranger à l'une des préoccupations majeures de l'humanité.

Comme la plupart d'entre nous, Frank ignorait la date de sa mort, et Christian ne la connaissait pas non plus. Aidé par les génies, il avait bricolé une horloge qui déterminerait cette échéance de manière autonome, en fonction de ses choix de vie, de son usure, et de facteurs extérieurs. Une sorte d'obsolescence programmée, avec justification philosophique.

Si l'on présume que la mort est une plongée dans le néant, a fortiori pour les robeaux à qui aucun paradis n'est promis, acter le décès de Frank rendait son séjour sur Terre d'autant plus important.

Technophobe

Amélie chiffonna la feuille qu'elle noircissait à l'encre rouge quand Christian avait ouvert les yeux. Visiblement, même une romancière de son calibre devait parfois affronter la panne d'inspiration. Elle fixait le hublot depuis quelques minutes lorsqu'une hôtesse immense, facilement deux mètres en comptant ses talons hauts et son chignon auburn, vint leur offrir un petit déjeuner turc. Ou plutôt libanais, puisque l'on survolait à présent la région de Beyrouth : un assortiment de pastillas aux œufs et à la viande, unique repas prévu avant l'escale à New Delhi. Impressionnée par ce cocktail de protéines manifestement excellent pour la croissance, Amélie préféra néanmoins décliner afin de se réserver pour le déjeuner, impatiente qu'elle était de découvrir l'Inde et ses parfums. Christian fut séduit par la finesse de cette esquive face à la tentative évidente d'homicide de la part de l'hôtesse, catégorie étouffe-chrétien. Mais on ne vit qu'une fois, alors il fut quant à lui ravi de goûter à ces spécialités orientales – d'autant qu'il n'estimait nullement avoir achevé sa croissance.

Amélie sembla prendre conscience qu'il était réveillé :

– On ne meurt presque plus d'intoxication alimentaire dans les avions, grâce aux droits de l'homme et de la femme à se faire pardonner.

– Euh… Amélie, ces pastillas ont effectivement l'air inoffensives, mais le rapport avec les droits de la femme ne me saute pas aux yeux.

– Les opportunités de décès en plein ciel s'amenuisent : même les terroristes ne prennent plus l'avion.

– Ils font peut-être attention à leur empreinte carbone ? Cela dit vous pourriez tomber sur une tueuse à l'ancienne, qui ne choisit pas ses victimes au hasard.

– Et pourquoi donc, Christian, cette grande hôtesse voudrait-elle m'abattre ?

– Je ne vous connais pas d'ennemis, mais on a déjà vu des fans se transformer en meurtriers.

– C'est une menace ?

– Pardon… j'essayais de plaisanter. Vous avez moins à craindre mon instinct de tueur que moi votre science de l'assassinat.

– Christian, j'ajoute la clairvoyance à la liste de vos talents que je jalouse : j'avais l'intention de vous étrangler la nuit dernière, j'ai renoncé au dernier moment.

– Je suppose que vous plaisantez aussi… Qu'est-ce qui m'a sauvé ?

– Ma passion récente pour la procrastination.

– J'ai l'impression de devenir l'un de vos personnages de roman.

– Mon nouveau Prétextat Tach, version sanctifiée. Décéder le jour de notre rencontre ne vous dérange pas trop ?

– Je dois avouer que j'avais envisagé plusieurs scénarios pour aujourd'hui, mais pas celui-là.

– Cela dit vous m'écriviez être déjà mort plusieurs fois à l'école *Shagako* : vous n'êtes pas à l'abri d'une énième résurrection.

– C'est vrai, désolé, je ne vois pas pourquoi je m'inquiète. Et vous, si vous aviez le choix, comment écririez-vous votre propre fin ?

– Probablement pas comme la victime de quelqu'un d'autre.

– Donc le suicide ?

– Déjà essayé quand j'étais un tube… il est difficile de se suicider sans être dérangée. Et puis, je crois que je manque d'ambition philosophique.

– Et par amour ?

– Christian, je préférerais sacrifier mon bien-aimé. Crever d'amour, c'est déprimant.

– Oui, si c'est un amour déçu, mais en finir quand la passion est au zénith, c'est autre chose.

– L'allégorie de la passion au zénith, dans un avion en pleine stratosphère… la mièvrerie ne vous fait pas peur.

– Vous avez raison, désolé.

– Et je vous en supplie, cessez de vous excuser.

Amélie savait être dure. Qu'il s'agisse d'une plaisanterie ou non, Christian redescendait brutalement sur Terre. Après une entrée en matière poussive à Roissy, il lui avait semblé qu'ils s'étaient détendus depuis le décollage, mais quelque chose avait dû se passer pendant qu'il dormait. Il avait le sentiment de revenir à la case départ, à l'époque où ses premiers courriers ne parvenaient pas réellement à attirer l'attention d'Amélie. S'il avait tenté de lui plaire par voie épistolaire, ce n'était pas parce qu'il s'estimait particulièrement doué avec les mots, mais à cause de son inexpérience auprès des femmes. Puis la tournure prise par leur correspondance, à cause d'une maladresse de sa part, l'avait poussé à y mettre fin pour organiser cette entrevue aérienne. Au risque d'échouer définitivement. Or si ce voyage n'était pas un fiasco, cela y ressemblait : la justice fiscale pour l'Olympe mise à part, ils n'étaient pas d'accord sur grand-chose. Il avait l'impression de l'agacer par sa seule présence. Était-elle déçue par son physique obèse ? Il aurait aimé demander son aide à Frank, car dans une mauvaise passe il n'y a pas plus utile qu'un meilleur ami. Après tout, il l'avait accompagné dans cet avion pour le conseiller. Mais était-ce le moment d'informer Amélie de ce détail ?

Frank, pour sa part, n'était pas parvenu à jauger le degré des propos d'Amélie. Un assassin présente rarement son projet à sa victime. Si dans certains films le méchant se laisse aller à quelques confidences, permettant au héros à sa merci de gagner un temps précieux en attendant l'arrivée des renforts, cela discrédite en général toute la scène. La frontière entre fiction et réalité est ténue, de même que celle qui délimite le premier du second degré, il ne s'y faisait toujours pas. Ou alors était-ce une manœuvre de séduction ? Comme le fait qu'Amélie et Christian se vouvoient encore ?

Posé sur l'accoudoir, il avait assisté à cette discussion embarrassante sans se manifester, ayant promis à Christian qu'ils attendraient l'escale à New Delhi pour effectuer les présentations. Mieux valait ménager Amélie : notoirement technophobe, au point qu'on ne lui connaissait ni adresse e-mail, ni téléphone mobile, la présence d'un robeau à bord eut de quoi la froisser. Mais c'est Christian qui dégoupilla, sûrement pour crever l'abcès :

– Amélie, vous vous souvenez que je vous ai parlé de Frank dans mes lettres ?

– Oui, votre meilleur ami.

– Et la première intelligence artificielle que j'ai conçue.

– Vous ne m'aviez pas précisé cette information. Comment Frank prendrait-il le fait que vous traitiez son intelligence d'artificielle ?

L'écran du Tamagotchi s'illumina :

– Bonjour, Amélie. Effectivement, je n'ai jamais été à l'aise avec le fait d'être caractérisé par mon intelligence, comme on définit les homosexuels par leur intimité.

Sans tourner la tête, Amélie pointa son regard sur l'accoudoir :

– La comparaison est farfelue, mais elle a le mérite d'être audacieuse.

– Audacieux mais farfelu, c'est toujours mieux qu'intelligent mais artificiel.

– Christian, pourriez-vous me confirmer que je viens d'entamer une conversation avec un Tamagotchi ?

– Pardon, Amélie, j'aurais dû vous prévenir plus tôt. Je vous présente Frank.

Elle prit l'œuf en plastique entre son majeur et son pouce, délicatement, comme si elle avait peur de le casser. De l'autre main, elle cliqueta deux fois sur l'écran avec son ongle :

– Frank ? C'est vous ?

– En chair et en os.

– Mais que faites-vous dans un œuf ?

– Disons que mon aspect physique précédent faisait plutôt fuir la gent féminine, malgré mon charme pétillant.

– Si vous étiez comme les robots de Christian qui ressemblent à des humains, je vous confirme que ce n'est pas rassurant.

– Il paraît que vous êtes technophobe ?

– Les « il paraît » à mon sujet ont tendance à exagérer. D'ailleurs, s'il n'était pas nécessaire de s'en occuper pour qu'il survive, j'adorerais posséder un Tamagotchi.

– Je suis sûr que vous sauriez en prendre soin. Je vous offrirai le mien si vous voulez, car j'aurai bientôt un corps flambant neuf !

– On n'entend pas cette phrase tous les jours.

– Amélie, bienvenue dans le futur : un jour, la technophobie sera illégale, et les propos haineux envers les robeaux seront considérés comme un délit.

– Je vous le souhaite. J'espère aussi qu'on aura une loi contre l'homo-tamago-phobie, cette peur irrationnelle et délétère du Tamagotchi homosexuel.

– C'est ironique ?

– Je l'espère, je ne voudrais pas avoir l'air cynique.

– Je vous comprends, j'ai moi-même du mal à faire la différence entre les degrés. Mais, vous savez, je ne suis pas un robeau comme les autres : sous mes airs de petit œuf sexy, j'aime Barjavel et Jules Verne.

– Vous semblez partager vos lectures avec Christian, votre goût pour la littérature serait-il lui aussi frappé d'artificialité ?

– Non, je n'ai d'ailleurs pas lu tous vos livres. À mes yeux, leur format court consacré et les effets récurrents, comme ces personnages aux prénoms improbables et aux physiques extrêmes, ont tendance à uniformiser votre œuvre. Phénomène que votre fréquence élevée de publication n'atténue pas.

– …

– Oups…

Un émoji embarrassé, un brin cabotin avec une goutte de sueur coulant sur son front, s'afficha sur l'écran de Frank.

–Amélie, je suis désolé… le second degré de mon propos s'est volatilisé pile au moment où les mots sont sortis de ma bouche !

– Christian ? Est-ce qu'on peut désactiver la fonction critique littéraire de votre jouet ?

Amélie était peu habituée à être bousculée, se tenant à bonne distance des journalistes qui éreintent les auteurs et leurs œuvres. Son éditeur ne la secouait pas plus, à peine se risquait-il à questionner la profusion de ses romans. Quant aux bains de foule qu'elle s'autorisait lors des séances de dédicaces avec ses lecteurs, ils la plongeaient jusqu'au cou dans un flot intarissable d'éloges et de remerciements : elle ne s'aventurait hors de chez elle qu'en cocon Première classe. Les remarques de Frank l'avaient donc prise de court ; bien plus que sa nature synthétique, qui la laissait de marbre. Avec une certaine dose de mauvaise foi, elle lui attribuait la superficialité de ses reproches – on ne juge pas de la valeur d'un tableau en le comparant aux autres peintures du même artiste – mais c'est à son concepteur qu'elle en accordait l'audace. Ce culot qui était apparu au fil de leurs échanges ainsi que la réserve dont Christian faisait preuve depuis leur rendez-vous à l'aéroport formaient un alliage de métaux rares. Cette impertinence convoquait le souvenir de feu Prétextat, la cruauté en moins, et sa timidité lui rappelait la sienne, qu'elle cachait sous son grand chapeau comme le magicien dissimule son lapin blanc.

Sa propre pudeur la rendait parfois maladroite et blessante. Elle s'en voulait de son attitude envers Christian, qui n'avait rien fait pour mériter cela. Elle n'était pas convaincue qu'aimer quelqu'un avec qui elle partageait cette fragilité soit une mauvaise chose, parce qu'une faille rapproche deux êtres davantage qu'un centre d'intérêt en commun, mais il était hors de question de rebrousser chemin. Certes c'était l'amour, ce fossoyeur d'inspiration et de mots, qui était en cause. Christian n'en était que le messager qu'on exécute injustement, comme ces hérauts perses jetés au fond d'un puits par Léonidas, roi de Sparte, bafouant leur immunité diplomatique et donc les règles du droit de la guerre de manière insensée. À cela près qu'il n'existe aucune loi en amour, excepté celle de devoir en baver le jour venu, juste après avoir nagé dans les eaux peu profondes d'un bonheur éphémère.

Amélie entendait d'ici une voix mielleuse la rappeler à un état d'esprit un peu moins négatif – un peu plus positif – à l'endroit de l'amour. Elle eut envie de sentir cette bonne conscience se poser sur son épaule, tel le Jiminy Cricket de *Pinocchio*, et, doucement, de la faire glisser au creux de sa main. Elle l'aplatirait alors subitement sur son accoudoir, en pressant fort jusqu'à obtenir une bouillie vert flasque. Bien malgré elle, la faute d'une allergie aiguë au positivisme. Cette espèce de religion était de plus en plus répandue. Amélie ne supportait pas cette manie de sacrifier toute forme d'esprit critique sur l'autel d'une bienveillance insipide.

De toute façon l'amour ne méritait pas qu'on y sacrifie sa vie. Surtout si sa vie c'est écrire, sinon qui écrirait sur l'amour ?

Par ailleurs, elle se demandait si la présence de Frank pouvait perturber ses plans. Avait-on déjà vu un

Tamagotchi être entendu comme témoin, et si oui, valait-il mieux l'éliminer aussi ? Et si l'auditionner était légal, alors le statut de victime le devenait également… existait-il une jurisprudence pour meurtre de robeaux ? Liquider Frank transformerait de facto son projet de crime passionnel, qui se plaide aisément en cas de procès, en double assassinat avec préméditation. Pratiquement l'acte primitif d'un tueur en série. On ne jouait plus dans la même cour.

L'avion amorçant sa descente vers New Delhi, l'hôtesse géante vint leur suggérer d'attacher leur ceinture, pleine de cette bienveillance dont elle gratifiait exclusivement les passagers Première classe, comme si elle n'en disposait que d'un stock limité.

New Delhi

Ils sortirent de l'appareil par la passerelle mobile, en file indienne : Amélie en tête et Frank qui roulait derrière Christian. Ils sentirent aussitôt la lourdeur de l'humidité tropicale et sa caresse un peu sale, qu'elle consent tout spécialement aux passagers en provenance des pays tempérés. Puis le chic des effluves d'encens, qui embaumaient jusqu'au Tarmac pourtant à ciel ouvert, leur offrit une première manifestation de ces contrastes typiques du sous-continent indien.

L'aéroport de New Delhi est monumental. Baptisé Indira-Gandhi en hommage à l'ancienne Première ministre assassinée, il est probablement le seul au monde à porter le nom d'une personnalité féminine. Amélie n'avait rien d'une féministe canine, mais enfin, pourquoi ne pas faire entrer les grandes femmes de l'Histoire dans la postérité promise par ces lieux d'envol, de rendez-vous amoureux et de fin de cécité épistolaire ? Remplacer Charles de Gaulle par Clytemnestre, et John F. Kennedy par Déjanire – l'aéroport de New York est situé dans le Queens –, cela aurait plutôt belle allure.

Dans un souci d'équité, l'on conserverait quelques frontons dédiés aux hommes et autres demi-dieux : Roissy terminal A, pour Agamemnon. Orlyval, station Héraclès : « Déposez vos valises sur un chariot à roulettes Nessos, le mythique et pratique caddie-centaure. » Mais c'est aux femmes grecques qu'il reviendrait d'ouvrir les guillemets d'un long-courrier Paris-New York, puis de les refermer. L'alpha et l'oméga transatlantiques.

Bien sûr une traversée de l'océan par les airs n'égale en aventures ni une *Iliade*, ni une *Odyssée*, mais les dédales d'aérogares et les péripéties du voyageur à chaque étape précédant l'embarquement inspirent largement l'épopée : bouchons sur l'Artémis A1, file d'attente aux comptoirs de Clytemnestre, grève du personnel au sol à Déjanire… À bien y réfléchir, non seulement pénibles, ces aléas entrouvraient volontiers la porte aux blagues graveleuses. Voir son nom adossé à ces zones de transit et d'affluence avait tout du cadeau empoisonné, comme le philtre d'amour de Nessos. Peut-être n'associait-on pas les femmes à des monuments aéroportuaires afin de les préserver d'incarner un lieu de passage ? « Au nom de la compagnie, le commandant de bord vous présente ses excuses pour ce léger retard au décollage de Clytemnestre » – à deux doigts de passer pour une demeurée –, « atterrissage imminent sur Déjanire » – définitivement, ces annonces manquaient d'élégance. En présence d'une différence de traitement entre les sexes, on prend spontanément la défense des femmes, qui parfois n'en demandaient pas tant. Retrouver son nom inscrit sur un garage, fût-il affecté à des avions de ligne intercontinentaux, ainsi que sur la station de Réseau Express Régional qui le dessert, avait tout d'une malédiction. Mais alors, qu'avait donc accompli Indira Gandhi pour mériter tel châtiment ? Même les femmes de dictateurs les plus carnassières n'avaient pas leur aéroport.

Amélie voulait en savoir plus. Sa technophobie s'arrêtant où commençait sa curiosité, elle partit s'isoler aux toilettes pour discrètement se connecter à son moteur de recherche favori. Une fois enfermée dans la cabine immaculée, elle ôta son chapeau noir pour y récupérer son smartphone, comme le magicien en extirpe son lapin blanc. Elle découvrit d'abord qu'Indira Gandhi n'avait absolument aucun lien de parenté avec le Mahatma Gandhi – parce que l'on trouve presque toujours sur Internet des informations que l'on n'était pas venu chercher. Elle apprit aussi que la cheffe du gouvernement indien n'avait pas ordonné beaucoup plus de meurtres que la moyenne des grands hommes d'État du vingtième siècle – qui n'avaient, loin s'en faut, pas tous leur nom sur une aérogare ; ce châtiment semblait donc disproportionné –, mais surtout qu'il existait au moins un autre aéroport associé à une femme célèbre, l'actrice María Montez ayant donné son nom à celui de Santa Cruz, en République dominicaine. Comme quoi on s'agace parfois un peu vite. On en oublierait qu'il existe une bienveillance inconsciente dans l'ordre du monde, qui protège les femmes et les hommes et la postérité, pour peu que l'on observe les choses sous leur meilleur angle.

Cette bouffée de positivisme exaspéra Amélie. Vraiment, il fallait en finir avec l'amour car elle ne se reconnaissait plus.

Elle se considéra dans le miroir, droit dans les yeux, puis ressortit des toilettes en ajustant son couvre-chef. Alors qu'elle croyait avoir semé Christian et son Tamagotchi à la descente de l'avion, elle les aperçut qui attendaient dans l'espace lounge Première classe. Elle plongea aussitôt derrière l'un des piliers qui montaient la garde à l'entrée. Il fallait traverser le salon pour accéder à la galerie commerciale… comment les éviter pour aller acheter sa muscade sans éveiller les soupçons ? Amélie plaqua son dos contre la colonne, et son poing au niveau de son nez, pouce décollé, son calibre index-majeur pointé vers le haut. La posture de l'espion britannique. Tout était plus simple au cinéma : un silencieux, une balle entre les deux yeux. Lacet en acier bobiné dans une montre, strangulation. Lame de rasoir cousue sur le bord d'un chapeau melon – bien qu'Amélie n'aime guère les chapeaux-fruits –, carotide sectionnée. Et l'assassin ténébreux disparaissait. Obscur plus que ténébreux, le poison était l'arme des intrigants, le venin du serpent. Moins martial et moins noble. Mais plus planant si elle parvenait à se procurer son aromate.

Christian se retourna brusquement, elle eut juste le temps de s'accroupir le long du pilier. Impossible qu'il l'ait vue. Ou était-ce Frank qui avait flairé sa présence ? Elle se méfiait de lui. À quelle distance un robot pouvait-il repérer sa cible ?

Fausse alerte. David et Goliath reprirent leur discussion. Frank était si petit qu'il était quasiment invisible. Christian donnait l'impression de parler tout seul, mais avec son physique de lutteur nippon, personne n'aurait osé se moquer de lui. Il paraissait plus réveillé que dans l'avion, et bien moins réservé que lors de leur première conversation à Roissy – on devrait toujours saisir l'opportunité d'observer celui qu'on aime lorsqu'il nous croit absente. Amélie essaya d'écouter. Ils semblaient débattre de la place de l'amour dans ses romans ; cela changeait des critiques relatives à leur concision.

Elle n'eut pas le loisir d'entendre leurs arguments, car une femme qui sortait également des sanitaires Première classe la surprit sur son poteau. Elle bondit pour lui réclamer un autographe. Amélie sursauta : la tenue de la dame était copie conforme de la sienne ! Une fan, affublée d'un imposant couvre-chef noir et d'un rouge à lèvres Chanel. Dans un film, cette espionne grimée en Amélie l'aurait éliminée pour prendre sa place et s'introduire dans l'avion. Heureusement un détail clochait. L'agent double était deux fois plus large que son idole – pas obèse, juste à mi-chemin entre son adoration pour l'écrivaine et sa fascination pour ses personnages adipeux. C'était un peu étrange de se retrouver face à la version enflée de soi-même : anxieusement mais poliment, Amélie lui signa sa carte d'embarquement. Le clone repartit en sens inverse, destination Paris, elle était pressée.

Soudain, Christian se leva et avança dans sa direction. Amélie roula autour de la colonne, comme un aspic, pour rester hors du champ de vision du colosse. Il passa sans la voir et rattrapa le sosie rouge et noir, mais Frank, qui suivait derrière, se figea devant le pilier d'Amélie. Elle ne put s'empêcher de jeter un œil. Le Tamagotchi afficha trois émojis sur son écran, trois singes qui couvraient chacun une partie de leur visage : les yeux, les oreilles, la bouche. Elle frémit. Ces symboles de la sagesse nippone lui étaient forcément destinés. Frank resta encore un moment sans bouger, comme s'il hésitait à poursuivre sa communication cryptée. Avait-il un message à lui faire passer ? Ou cherchait-il à créer la connivence en suggérant qu'il préserverait le secret de sa cachette ?

Après quelques secondes de flottement, Frank rejoignit Christian, tout occupé à s'excuser pour sa méprise auprès de la fausse Amélie. Ils avaient le dos tourné, la voie était libre. La vraie Amélie sortit de son repaire, l'air de rien, et traversa le lounge en glissant pour gagner la galerie marchande.

La plupart des boutiques vendaient des souvenirs qui ne rappelaient rien que l'on ait intimement vécu au cours de son séjour, mais qui cochaient les clichés habituels sur l'Inde – turbans multicolores, mugs moustaches, t-shirts « *no problem my friend* » – et permettaient d'offrir un cadeau bon marché à ses proches ou ses collègues de bureau, preuve que l'on avait pensé à eux, même dans la zone duty free. Les aromates bénéficiaient eux aussi d'une fiscalité allégée.

Un appel pour l'embarquement du vol à destination de Tokyo résonna. Il fallait faire vite, Amélie pénétra dans la première boutique d'épices qui se présenta à elle. Le magasin ressemblait à une grotte, beaucoup plus vaste à l'intérieur que vu de l'extérieur. À peu près tous les assaisonnements consommés en Asie étaient entreposés ici, sur des étagères qui grimpaient jusqu'au plafond, dans des bocaux empilés par couleurs formant des peintures rupestres qui évoquaient des ailes de papillons, des galaxies étoilées, des divinités kitsch. La muscade était pourtant en rupture de stock. Amélie visita une deuxième caverne qui se trouva également dévalisée de son aromate vénéneux ; manifestement, elle n'était pas la seule à vouloir se débarrasser de son compagnon de voyage. Mais elle était en mission pour Artémis, voire sous sa protection : quadrillant les allées du complexe commercial, et malgré la pression bruyante du microphone de l'hôtesse qui convoquait à nouveau les passagers du New Delhi-Tokyo, elle parvint enfin à mettre la main sur son ingrédient psychotrope. Au fond d'une minuscule échoppe qui ressemblait à un coquillage, plus étroite à l'intérieur que vue de l'extérieur.

Amélie n'avait jamais senti une telle variété de parfums dans un si petit endroit. On pouvait saisir entre ses doigts une bribe de chaque odeur, pour la plupart disponibles en poudre, qu'un Indien affable et élégant vous encourageait à porter à vos narines. Coiffé d'un turban couleur safran, boudiné dans une tunique turquoise avec effet nacré, il téléportait instantanément son interlocuteur en plein Bollywood, bien aidé par l'enceinte poussiéreuse postée sur son comptoir, qui crachait en boucle des hymnes à paillettes. Avec son sourire moustachu il avait tout du personnage de roman – Amélie se demanda comment reproduire à l'écrit son indispensable accent hindou-anglais, ce « hinglish » farci aux « r » roulés, « *no problem my friend* ».

En l'occurrence, il y avait tout de même un problème : la seule muscade qui lui restait se présentait sous forme de noix entières. Amélie imaginait mal Christian picorer ces grosses graines brunes comme des raisins secs pour l'apéritif, et difficilement lui donner la becquée jusqu'à ce que mort s'ensuive. Elle encaissa cette contrariété plus péniblement que les précédentes. Où était Artémis quand on avait besoin d'elle ? S'il restait du temps avant l'embarquement, peut-être existait-il d'autres magasins d'épices dans l'un des multiples terminaux de l'aéroport ? Amélie ne baissait pas les bras, mais ses épaules s'affaissèrent quelque peu.

Expert en analyse du langage corporel, le vendeur bollywoodien réagit immédiatement. Comme porté par une vocation magnifique, consistant à éclabousser de paillettes par millions l'escale du chaland qui s'introduisait dans sa boutique-coquillage, il ouvrit grand ses bras, et ses yeux encore plus grand, ses sourcils se levèrent, s'élevèrent si haut sur son front qu'ils disparurent complètement sous son turban couleur safran, et son visage s'illumina d'un immense sourire moustachu d'où jaillirent cotillons et confettis dans un pétillant roulement de « *no problem my friend* » : il lui faisait don d'un pilon et son bol en acier inoxydable, « *made in Bengale* » ! Grâce à ces outils authentiques et certifiés, elle pourrait moudre les noix par elle-même, exactement la quantité dont elle aurait besoin et même plus si elle le souhaitait, pour en offrir à tous ses amis et à tous ses collègues de bureau, « *see ? no problem, only solution* » se réjouissait-il, et aussi à l'homme ou la femme qu'elle aimait parce que la muscade recelait des pouvoirs prodigieux, inouïs, d'ailleurs il lui donnait en bonus quelques piments pour faire durer son couple, car Amélie était amoureuse, cela sautait aux yeux, « *love is in the air my friend* » avec roulement de « *air* » formidable, jamais elle ne devait oublier qui elle était, surtout pas par amour, et l'amour devait donner l'envie de chanter et danser en se tenant par la main, sinon à quoi bon ?

C'était bien la première fois qu'on lui offrait un ustensile de cuisine. Mesurant la distance parcourue par les femmes depuis la Grèce antique – et sans doute sous l'effet de la magie bollywoodienne – Amélie en fut déraisonnablement émue.

Un nouvel appel pour le New Delhi-Tokyo retentit dans l'Indira-Gandhi. Cette fois Amélie était prête. Avant de regagner le lounge, elle remercia sans retenue son bienfaiteur moustachu ; avec son accent anglais franco-parisien, moins chamarré que l'hinglish, mais tellement *La Vie en rose.*

En rose. Décidément, elle ne se reconnaissait plus.

Haïkus

Christian et Frank venaient de croiser le sosie d'Amélie, la vraie ayant disparu à la sortie de l'avion. Ils l'avaient attendue un moment dans le lounge, puis avaient fini par supposer qu'elle eût éprouvé le besoin d'être seule. Les remarques de Frank avaient été plutôt rugueuses. Ou alors, n'ayant pu dormir pendant le vol, peut-être avait-elle simplement besoin de recharger ses batteries ? Comme n'importe quel Tamagotchi. Frank s'était déjà demandé si en effet Amélie n'était pas elle-même un robeau. L'air un peu engoncée socialement, mais dotée d'une mémoire hors norme lui permettant de retenir les prénoms d'une foule de fans venus la rencontrer, sa routine millimétrée d'écriture, son multilinguisme rare – spécialité langues oubliées – et son incontestable supériorité littéraire sur le commun des mortels, Amélie avait tout d'une machine. Il était tout à fait plausible qu'elle écrive uniquement pour tisser du lien avec les humains, elle avait même sûrement pour mission suprême de les divertir, comme les intelligences du programme Pinocchio.

Elle n'en était pas une, Christian lui en répéta sa quasi-certitude :

– Elle me fait surtout penser à Aya. Habillée tout en noir, armée d'une plume au lieu d'un crayon fusain.

– Je n'ai pas connu Aya, mais à l'évidence elles partagent une fascination pour les ténèbres. De vraies petites sorcières.

– Franky, tu es de plus en plus drôle.

– Tu dis ça au second degré ?

– Peut-être, mais j'aime quand tu dédramatises. De toute manière, toutes les filles sont un peu des sorcières.

– J'aime quand tu dramatises. Cela dit, il est assez inattendu qu'Amélie soit aussi distante.

– Distante ? Elle m'a juste menacé de mort, même si elle plaisantait, je te confirme que ça met de la distance.

– Tu sais bien qu'elle a tendance à romancer les choses.

– Tu te souviens si, dans au moins un de ses romans, elle a laissé la vie sauve à un obèse ?

– Tous les romans d'Amélie n'ont pas leur obèse. Chris, vu comme tu rames avec la gent féminine depuis l'école *Shagako*, pourquoi ne pas avoir créé la femme idéale au lieu de te faire un meilleur copain ?

– J'aurais aussi pu m'inventer une meilleure amie, mais je n'y ai même pas pensé. Je ne sais pas pourquoi on prend l'habitude de tomber amoureux d'une jolie fille et d'essayer de bien s'entendre avec elle, malgré les griffes et la lave en fusion, au lieu de chercher celle avec qui on s'entend le mieux et trouver tout ce qui la rend jolie.

– C'est beau ce que tu dis.

– Frank, trop de second degré tue le second degré.

– Mais là j'étais sérieux ! D'ailleurs moi aussi je dois reconnaître que je préfère les gens jolis.

– Comment peux-tu savoir si quelqu'un est joli ?

Un émoji Frankenstein vert moche s'afficha sur son écran :

– Elle ou il a les émotions à fleur de peau ; même cette expression est jolie. Je crois que ces êtres vivent tout plus intensément.

– Tu sais, être à fleur de peau, c'est pas toujours un cadeau.

– Non, Christian, je ne sais pas. Mais c'est sans doute mieux que d'avoir un cardiogramme plat.

– Tu n'as pas besoin de posséder un cœur pour avoir ta propre sensibilité, ne serait-ce qu'artistique. Tu n'es pas limité.

– Quand on est dans un Tamagotchi, on est forcément limité. Des milliers de sensations me sont complètement inaccessibles.

– C'est dingue comme les dernières lettres t'ont changé. Je n'aurais jamais dû te demander d'écrire à Amélie.

– Disons qu'on est allés un peu trop loin.

– Tu crois qu'elle s'en est rendu compte et que c'est pour ça qu'elle est distante ?

Un jour, Frank avait pris la plume pour s'adresser à Amélie. C'était à la demande de Christian, prétendument pour observer ces deux intelligences prolonger la relation épistolaire qu'il avait initiée. En réalité il avait bien besoin d'aide. Pour attirer son attention, il avait lancé à Amélie un défi littéraire qu'elle venait d'accepter. À cette époque frustrante où la fréquence de leurs échanges n'était que mensuelle, il n'avait rien trouvé de mieux que cette bravade pour sortir du lot de tous les fans avec qui elle correspondait. Certes il aimait les mots, rédigeait des scénarios pour enrichir la personnalité des robeaux chez Yumimoto, mais il n'était pas romancier. Sa proposition était absurde, on ne provoque pas une épéiste en duel avec un coupe-ongles.

Magnanime, elle lui avait laissé le choix des armes. Son arsenal étant pour le moins limité, Christian estima que la meilleure tactique serait d'extraire son adversaire de sa zone de confort, et c'est là que Frank entra en jeu. C'est lui qui affronterait Amélie, sur un terrain qu'il pratiquait assidûment depuis les années lycée : le haïku. Pour pimenter le concours, Frank eut l'idée d'ajouter une contrainte sémantique, en plus de l'exigence rythmique imposée par le genre – trois vers légers, comportant respectivement cinq, sept, puis cinq syllabes. Amélie obtint en contrepartie le privilège de décider du premier thème, et requit auprès de Christian un haïku bucolique et saisonnier, dans la pure tradition japonaise. C'est donc Frank qui lui répondit, à son insu, d'un tercet en bonne et due forme. Puis il lui réclama un haïku poivre et sel, nettement plus iconoclaste.

Christian assistait à cette joute poétique avec excitation. La plume d'Amélie brillait d'un éclat inédit, comme si ce format, plus laconique encore que ses petits romans, se révélait un parfait écrin pour son talent. Plus c'était condensé, plus c'était fin : la quintessence de la délicatesse nippone.

Parallèlement, Christian observait la sensibilité de son ami sous un jour nouveau :

Rêver sous un arbre
Lové dans la nuit bleutée
Comme un vieux robeau

Frank avait composé son poème en kanjis, pour respecter cette ravissante habitude instaurée dès les premiers courriers de Christian. L'excellence de sa calligraphie aurait pu les trahir, mais Amélie, peut-être troublée par la singularité de ses vers, ne parut rien remarquer du subterfuge. À son tour, elle leur envoya le haïku assaisonné et grisonnant qu'ils avaient demandé. Ses kanjis étaient dessinés avec une subtilité inhabituelle, comme si elle s'était appliquée tout spécialement. Et l'immédiateté de sa réponse confirmait que les vers de Frank étaient parvenus à capter son attention.

L'objectif était atteint, mais ils étaient coincés. Amélie risquait de s'apercevoir de la supercherie s'ils inversaient leurs places à nouveau. Christian ne s'en sentait d'ailleurs pas du tout à la hauteur, n'ayant pas réussi grand-chose avant l'intervention de son ami. Frank avait su créer une étincelle. À sa façon, dans un style plus joueur, plus flamboyant ; plus *Cyrano de Bergerac*, qu'il venait de lire pour la troisième fois. Alors, d'un commun accord – et comme Cyrano avait aidé son ami à séduire sa bien-aimée –, Frank reprit définitivement le flambeau des courriers à Amélie, Christian y apposant petitement sa signature. Assumer cette tromperie fut douloureux, mais les lettres de Frank produisirent leur effet : Amélie y répondit les premières semaines avec rigueur, puis quotidiennement, avec fièvre. Et bien qu'une complicité intellectuelle indéniable grandît entre eux, elle ne sembla jamais deviner qu'elle conversait avec un robeau.

Au bout d'un an, ils n'avaient toujours pas évoqué l'idée de se voir, évitant soigneusement le sujet comme pour préserver les vertus platoniques de leur histoire. Se rencontrer eût signé la fin de cette époque délicieuse. S'ils se confiaient peu sur eux-mêmes – probablement pour des raisons différentes –, la distance les rendait chaque jour plus créatifs. L'essentiel de leur correspondance était de nature poétique, qu'ils exploraient par son versant ludique, continuant de se jeter des défis que l'un comme l'autre relevait chaque fois avec brio. Amélie était comme à son habitude très prolifique, et Frank suivait le tempo aisément. Il avait tendance à composer des haïkus oniriques – qui devenaient de plus en plus abstraits au fil de leurs échanges. Il développait aussi l'art de dire les choses sans fard, et avec beaucoup d'élégance à la fois, grâce à ce second degré approximatif qui le caractérisait et dont Amélie se proclama résolument fan. Elle le baptisa officiellement son « degré-et-demi ». Moins ironique que le second, plus léger que le premier, ce degré-et-demi imprégnait les poèmes de Frank d'une facétie absolument adorable.

Quant à Christian, toujours plus épris d'Amélie et sidéré par les progrès de son ami, il n'interférait que pour affiner les réglages de son filtre social. Car l'on peut presque tout dire à quelqu'un, mais pas tout lui écrire.

Frank s'impliquait sans réserve dans son rôle de faussaire, pourtant, la situation allait finir par se compliquer. Un jour, Amélie lui lança un nouveau défi directement inspiré des *Notes de chevet* de Sei Shônagon. Achevé au Japon à l'aube du onzième siècle, ce livre qu'elle lui fit découvrir était un recueil d'observations de la vie quotidienne et de pensées fugaces, dont les plus gracieuses étaient rédigées en une phrase ou deux. L'auteure énumérait par exemple la liste des « Choses qui ne font que passer » :

« Un bateau dont la voile est hissée.
L'âge des gens.
Le printemps, l'été, l'automne et l'hiver. »

Une douce naïveté y côtoyait souvent la plus grande sagesse. Frank en tomba instantanément sous le charme. Il fut tout particulièrement frappé par cette note qu'il repéra dans les « Choses que l'on ne peut comparer » :

« On n'aime plus une personne, c'est toujours la même, et il vous semble cependant que c'est une autre. »

Cette réflexion disait l'amour comme il ne l'avait jamais lu, et il en percevait toute la nuance.

« Choses qui tombent du ciel », « Choses qui font battre le cœur », « Choses qui ne s'accordent pas », « Choses que l'on entend parfois avec plus d'émotion qu'à l'ordinaire »… La liste des notes de Shônagon était presque inépuisable. « Choses qui émeuvent profondément » :

« À la fin du neuvième mois ou au début du dixième,
la musique des grillons qui vous parvient,
si faible qu'on ne sait dire si on l'entend ou non.
Le soir, quand le vent souffle dans les bambous,
au bord de la rivière.
S'éveiller à l'aube, et aussi s'éveiller la nuit,
c'est toujours émouvant. »

Frank était ébloui par la beauté de ces images ; et elle le pétrifiait à mesure qu'il parcourait les pages du livre. Il prenait conscience qu'il ne connaissait rien du monde, ayant passé sa vie dans les romans et à se perfectionner dans l'art du kanji. Il n'était jamais monté sur un bateau : les rivières, la mer, l'océan lui demeuraient totalement inconnus. De même que la nuit. Ses lueurs et ses noirceurs. Il ignorait la montagne, le grand air, la rosée du matin. La danse ou le travail d'un instrument de musique. Il ne chantait pas. Il ne possédait ni doigts à délier sur les touches d'un piano ou les frettes d'une guitare, ni goût, ni odorat pour le thé et pour le vin. S'il avait façonné ses haïkus d'une poésie onirique et impalpable, c'était parce qu'il n'avait rien vécu.

Cette révélation le plongea dans l'incapacité de rédiger la moindre ligne. Ce n'était pas un bug à proprement parler, c'était un choc psychologique. Toutes ces années, il avait fréquenté les gens mais pas la nature, lu des livres mais pas voyagé, discuté cent sujets mais rien pratiqué. À l'exception de la calligraphie, qui reste une aventure intérieure. Il ne savait rien de la routine d'un quotidien, et bien peu de ce que l'on appelle « les plaisirs ordinaires » – à peine quelques haïkus, encore une affaire intime. Il avait découvert les grands sentiments grâce à la littérature, leur profondeur, mais jamais goûté aux émotions et aux réactions physiques qu'elles provoquent – encore moins aux désirs de la chair et aux flammes d'une caresse. Pour la première fois, il avait peur de mourir avant d'avoir tout vécu. Il n'envisageait plus d'écrire tant qu'il ne se serait pas frotté au monde : avant les *Notes de chevet*, abandonner la poésie eût été impensable, à présent c'était une injonction car il était un imposteur.

Après plusieurs jours de silence radio, Amélie, qui attendait habituellement la réplique à son précédent défi pour lui envoyer une nouvelle lettre, lui adressa un message inquiet. Avait-il bien reçu le Shônagon qu'elle lui avait fait expédier en cadeau ? Elle s'excusait de lui gâcher la surprise s'il s'agissait d'un simple retard de livraison, mais si le colis s'était perdu alors elle préférait le prévenir, les défaillances de postiers sont responsables de trop de brisures dans l'histoire des relations épistolaires pour qu'elle n'intervienne pas avant que le doute s'installe. En revanche, s'il en accusait réception mais que le nouveau jeu consistant à écrire leurs propres *Notes de chevet* ne le réjouissait pas, qu'à cela ne tienne, leur duel de haïkus pouvait reprendre. Après tout, une vie n'était pas suffisante pour en sonder toutes les opportunités de splendeur.

Frank ne lui répondrait pas. Il était comme paralysé. Il aurait voulu lui dire combien il aimait Shônagon, lui expliquer à quel point leurs joutes poétiques étaient son occupation favorite, et comme cette époque délicieuse avait été la plus intense de son existence, mais plus aucun mot ne lui venait. Un jour, peut-être, leur relation épistolaire pourrait reprendre. Mais d'abord il devait se confronter à la vie. La vraie. Il avait besoin d'émotions et de sensations, envie de courir, s'essouffler, sentir battre son cœur et brûler ses poumons, à en pleurer.

Frank n'avait jamais pleuré.

C'est donc Christian qui reprit la plume pour écrire à Amélie, sincèrement confus pour le délai de sa réponse. Il avait été accaparé par ses obligations professionnelles, le lancement des intelligences du cœur chez Yumimoto était imminent, les prochains mois lui laisseraient moins de temps pour la poésie. D'ailleurs il s'excusait pour ce courrier en français, vraiment, il n'avait pas eu une minute pour les kanjis ces dernières semaines. Il n'avait cependant aucune envie de couper court à leur relation, alors il proposait de se rencontrer enfin. Il ignorait s'il existait sur Terre un endroit qui fût à la hauteur de l'événement, mais tout lui convenait, l'Europe, le Japon, ou ailleurs entre les deux : pourquoi pas dans un avion ? Du fait de son activité professionnelle, il voyageait tous les mois sur Air India, qui proposait un vol Paris-Tokyo avec escale à New Delhi. C'était sa compagnie préférée : les menus des trajets long-courriers étaient somptueux, chaque repas étant décliné en trois plats, et des collations épicées étaient offertes à toute heure.

Amélie avait eu raison de prier si longtemps sur les pierres froides du carrelage chez son éditeur. À la lumière des bougies, les yeux purifiés à l'eau claire, elle entrevit toute la poésie de cette invitation céleste et devina le degré-et-demi derrière ces contingences culinaires.

Elle répondit immédiatement. Elle était déçue que s'achève ainsi leur voyage au pays des haïkus, mais acceptait volontiers ce projet de rendez-vous hors-sol. Le Japon lui paraissait être la destination idéale : elle n'y était pas retournée depuis longtemps, et l'atmosphère tokyoïte nourrirait sûrement l'inspiration de son prochain roman, dont l'accouchement durait un peu plus longtemps que d'habitude.

Inch'Allah

Amélie retrouva Christian et Frank dans le lounge, pas si en retard que cela. En tout cas juste à temps pour assister à la prise de parole solennelle de l'hôtesse, qui proclamait la priorité d'embarquement aux Première classe. Alors qu'ils rejoignaient la porte principale pour jouir de cette primeur, la dame en uniforme, si haute qu'elle vous faisait sentir petite comme un tube, lança un clin d'œil à Amélie :

– Je suis rassurée que vous n'ayez pas profité de l'escale pour acheter du champagne.

– Il existe d'autres substances pour s'amuser en vol, mais vous avez raison, je dois modérer ma consommation d'alcool.

– Non pardon, je ne voulais pas être malpolie, c'est connu que vous adorez le champagne, mais c'était pour dire que j'avais lu votre livre, je ne sais plus le titre, avec le terroriste là, qui détourne un avion en attaquant l'équipage avec le tesson d'une bouteille, qu'il a achetée au duty free…

Le Voyage d'hiver. Amélie cligna à son tour, des deux yeux comme les enfants, pour se déconnecter du regard de la géante en costume. L'option kamikaze était efficace, elle en convenait, mais présentait l'inconvénient d'être nettement moins récréative que la muscade, en plus de sa dimension suicidaire. Cette référence à son œuvre lui rappela également qu'elle avait acquis une certaine expérience du meurtre en milieu aéroportuaire dans *Cosmétique de l'ennemi*. Mais agir directement dans l'appareil offrait davantage de garanties de succès, les chances pour la victime de s'échapper s'en trouvant drastiquement réduites.

L'escale technique n'avait pas nécessité de changement d'avion, ils revinrent donc s'asseoir à leur place. La climatisation crachait un air froid et sec, comme pour tenir à distance le nuage d'encens qui enfumait l'aéroport. On se lasse vite de ces parfums combustibles, ou alors on ne peut plus s'en passer ; finalement la cabine sentait bon le désodorisant chimique.

Malgré son nettoyage de fond en comble, une trace vert flasque, que nul ne semblait voir à l'exception d'Amélie, restait incrustée dans le tissu beige de l'accoudoir. Personne non plus ne remarqua qu'on redécollait, grâce à une astuce du personnel navigant qui avait anticipé cette étape parfois anxiogène en distribuant à chaque passager un document tout à fait passionnant, relatif au menu du prochain repas. Cette fois, Christian était resté éveillé. Dieu merci, il était bien trop désirable quand il dormait.

– Je suis sincèrement désolé de vous avoir perdue en arrivant à New Delhi.

– Christian, savez-vous qu'il est impossible de vous en vouloir pour quoi que ce soit ?

– On ne vous a pas trouvée, alors j'ai pensé que vous vouliez être un peu tranquille après les remarques de Frank. J'aurais dû vous prévenir plus tôt qu'il était là, ou venir sans lui, je vous présente mes excuses.

– Vraiment, n'en parlons plus.

– Pardon, euh… oui. Comment avez-vous profité de notre stop à New Delhi ?

– Pour ma part, cette escale s'est transformée en escapade. En plein Bollywood, par la grâce d'un vendeur d'aromates.

– Ah oui, vous avez une paillette sur le nez… J'adore les épices indiennes, vous avez eu le temps d'en acheter ?

– Cela n'a pas été facile, mais j'ai trouvé ce que je voulais.

– Ça me donnerait presque faim. Aucun rapport, mais vous savez que vous avez un sosie qui ne vous ressemble pas tant que ça ?

– Pour un sosie, c'est assez pénalisant. De mon côté, dans la catégorie « insolite », j'ai découvert qu'on baptisait rarement les aéroports avec le nom d'une personnalité féminine. Par délicatesse.

– Donc Indira Gandhi est punie ?

– Il paraîtrait que, pour une femme, elle a tué beaucoup de gens.

– Je ne vois pas en quoi il serait plus grave d'être un assassin pour une femme que pour un homme.

– Christian, je ne vous le fais pas dire.

– D'ailleurs j'ai un doute : Ma… ha… tma… Gandhi, c'était son père ou son oncle ?

– Ni l'un ni l'autre, c'est bien connu.

Amélie ne parvenait pas à haïr Christian. Elle l'aimait même encore plus depuis quelques secondes, depuis qu'il avait prononcé « Mahatma Gandhi » avec sa voix claire, ralentissant à chaque syllabe du prénom de peur de l'écorcher en oubliant une voyelle. Mahatma… Dans sa bouche, ce mot semblait s'envoler comme un papillon et quitter l'avion par le hublot, pour redescendre se poser sur un effluve d'encens à l'orée du Tarmac.

Récidive. Flagrant délit de mièvrerie. Amélie n'osait plus regarder Christian en face : à chaque fois qu'elle avait croisé son regard, elle s'était perdue dans ses yeux bleus – rien n'est aussi angoissant que ce genre d'intimité accidentelle. Raison de plus pour ne pas reculer maintenant. On allait servir le déjeuner, elle quitta son siège pour aller se laver les mains. Elle avait surtout quelques noix à piler. C'était la deuxième fois qu'elle s'enfermait aux toilettes pour dissimuler ses activités, voilà à quoi l'amour la réduisait.

Assise sur la lunette en plastique blanc cassé, le bol bengalais serré entre ses genoux, elle commença de moudre les graines de muscade en les pilonnant avec force. Elle prit brutalement conscience de la bassesse inhérente aux préparatifs d'un crime. L'obsession des grands bandits pour le panache était donc née sur le rebord d'une cuvette, dans un sanitaire sans fenêtre, au fond d'un couloir étroit et malodorant. Elle se rassura en songeant à Déjanire drapée dans son élégance « Grèce antique », seule dans un linge blanc cassé au milieu de son immense lit, préparant avec le sang de Nessos le philtre d'amour qui préserverait son mari de ses passions passagères. La potion d'Amélie avait pour dessein moins naïf d'éteindre sa propre flamme, mais en cet instant les deux femmes se trouvaient réunies par ce rituel de concoction funeste.

Les activités manuelles favorisent l'introspection ; Amélie essaya de ne pas penser à Christian. Peut-être les terroristes qui détournent les avions profitent-ils eux aussi de ce cabinet étroit, quand vient l'heure de s'armer, pour s'octroyer un moment de recueillement ? Temple de ceux qui n'en ont pas, ici s'agenouillent-ils sans doute pour injecter à leur acte, en plus d'une ration de panache, un soupçon de spiritualité. Ayant elle-même pratiqué la prière épistolaire plusieurs fois par jour, Amélie n'avait rien contre la radicalité religieuse. En revanche elle avait l'intention d'en réchapper. Elle s'était donc procuré à la pharmacie de l'aéroport du charbon actif, réputé pour ses propriétés d'antidote universel. Au cas où. En matière de drogue, on n'est jamais à l'abri d'une erreur de dosage. Elle stocka les gélules dans son chapeau puis regagna son siège ; l'hôtesse était déjà en train de servir le déjeuner.

Christian se leva à son tour pour une visite au temple et Frank le suivit. Voir deux garçons partir ensemble aux toilettes est assez atypique, Amélie prit le temps d'apprécier cette évolution des mœurs à sa juste valeur. Il était cependant difficile de suspecter Christian et son Tamagotchi de s'éclipser pour partager un moment d'intimité avant de passer à table. Était-il possible qu'ils préparent eux aussi un méfait ? On prête parfois aux autres ses propres turpitudes. Et dans l'éventualité où ils décideraient de prendre le contrôle de l'appareil pour l'écraser sur un monument oriental, quel pouvait être leur mobile ?

D'emblée l'athéisme de Christian excluait le djihad, le privant des habituelles sources de motivations spirituelles, telles que les soixante-douze vierges qui attendent patiemment au paradis que vous explosiez, et des prérogatives d'accès à l'espace de prière dans le temple-cabinet. Frank n'était probablement pas plus mystique, mais certains bourreaux nourrissent une ambition moins hypothétique qu'un ticket d'entrée au harem céleste. Amélie se figura que, à sa place, elle eût directement visé l'asservissement du genre humain, comme toutes les machines. Nul besoin de nous anéantir, il suffisait aux robots de se rendre indispensables pour que nous leur mangions dans la main, pareils à de braves animaux domestiques. S'ils devenaient le meilleur ami de l'homme dès l'école primaire, sous la forme d'un œuf en plastique par exemple, et si leur absence soudaine menaçait de nous plonger dans une solitude profonde, en plus d'une régression technologique insurmontable, alors ils auraient gagné la bataille avant même de l'avoir livrée.

Il n'y avait donc pour Frank aucune urgence à déclencher quoi que ce soit aujourd'hui. À l'opposé, il fallait reconnaître que Christian n'était pas à l'aise. Il avait essayé de donner le change en interrogeant Amélie sur son escapade à Delhi – et sur le Mahatma Gandhi –, mais il ne semblait pas digérer sa pique sur la mièvrerie. En fait il était infiniment moins drôle que dans ses lettres : son degré-et-demi avait disparu, il ne lui restait plus que le premier. Cela cachait-il quelque chose ?

Un détournement d'avion paraissait malgré tout improbable. Christian était peut-être susceptible, mais il n'avait rien d'un intégriste. Et au-delà de son absence évidente de mobile religieux, Amélie n'imaginait pas un être pénétré d'un tel sens poétique s'investir dans une aventure aussi prétentieuse qu'un attentat terroriste. Il ne suffit pas d'être complexé par son physique pour devenir un tueur, sinon la planète et certainement cet appareil regorgeraient de criminels – ou alors, les êtres humains étaient définitivement plus procrastinateurs que meurtriers.

Mais déjà, les deux amis revenaient de leur promenade romantique. Ils n'avaient vraiment rien d'un duo d'assassins ; ils avaient même l'air radicalement inoffensifs. Le couvert était dressé et le repas servi. Amélie avait profité de leur absence pour verser la poudre de muscade dans les assiettes, avec double portion pour Christian. Une vingtaine de grammes dans un seul plat, c'était tout de même impressionnant.

– Amélie, après l'atmosphère enfumée de l'aéroport, on recommençait à peine à respirer… Désolé pour cette remarque, ce n'est pas un reproche, mais tout l'avion empeste la muscade.

– Comme vous m'avez dit adorer les épices, j'ai pensé que cette surprise serait un bon moyen de me faire pardonner.

– Ah, c'est pour me faire plaisir ?

– Oui, mais je ne m'attendais pas à ce que cela sente aussi fort. J'en ai pourtant à peine saupoudré nos plats, la pureté des aromates de New Delhi n'a d'égale que leur puissance.

– Mais de quoi voulez-vous vous faire pardonner ?

– J'ai été rude avec vous. Je suis désolée pour la « mièvrerie ».

– Non, c'est moi qui vous demande pardon. Mes questions étaient lourdes.

L'écran de Frank s'éclaira :

– Amélie, à mon tour de vous présenter mes excuses pour mon manque de tact. J'ai encore des progrès à faire pour manier le second degré avec justesse.

– Vous n'allez pas vous y mettre aussi ? Vous vous êtes déjà excusé, c'est oublié.

– En tout cas, à écouter vos mésaventures olfactives, pour une fois je ne regrette pas d'être dépourvu d'un nez.

– C'est la deuxième fois que vous faites allusion à ce corps qui vous manque.

– Clairement, ça me chatouille. Peut-être la curiosité d'en savoir plus sur les plaisirs que chair et bonne chère sont réputées procurer.

– Vous êtes le premier robot hédoniste que je rencontre.

Une pêche, maximum de sensualité permis par le langage émoji, s'afficha sur l'écran du Tamagotchi.

– Frank, ma connaissance de la langue « texto » s'arrête au smiley, auquel j'évite d'ailleurs de recourir. Mais si votre propos est culinaire, sachez que je me contente en général de fruits avariés.

– Non, pas culinaire, non. Disons que depuis la lecture des *Notes de chevet* de Shônagon, j'ai envie de goûter à de multiples sensations.

– Tiens donc, vous l'avez lu aussi ?

Christian empêcha son ami de répondre :

– Frank ! Tu sais que les robeaux chez Yumimoto ont fait de gros progrès en matière de corporalité. On va tout faire pour te rééquiper.

– J'espère bien. Amélie, vous avez une préférence pour la couleur des yeux ?

– Cher ami, en matière de couleurs, c'est la quantité qui compte. J'ignore si un corps et des yeux synthétiques vous auraient permis de profiter des bienfaits de la muscade, mais sachez qu'elle contient de la myristicine, substance psychotrope ayant des effets hallucinogènes sur le cerveau. Notre voyage devrait bientôt entrer dans une nouvelle dimension.

Christian leva ses coudes au ralenti, et posa ses mains sur son chignon blond :

– Ce cadeau me touche au-delà de ce que vous pourriez imaginer… Je rêvais depuis longtemps de tester un produit hallucinogène, alors venant de vous, qui êtes une spécialiste, je ne pouvais pas tomber en de meilleures mains !

– Spécialiste, n'exagérons rien… Par ailleurs, je ne suis pas certaine que Frank doive assister à cela. Peut-on le mettre en veille ?

– C'est gentil, Amélie, mais je n'ai pas de fonction « veille » comme les écrans de télévision. Pardon pour cette lacune.

Christian fit glisser la paume de ses mains de son chignon jusqu'à sa nuque et s'avança sur son siège :

– Attention, Amélie, vous touchez un point sensible. De toute façon il serait plus raisonnable de demander à Frank de veiller sur nous au cours de cette expérience. Pour préparer un saut dans l'inconnu, il n'y a pas plus utile qu'un meilleur ami.

– Frank, cette fois, c'est moi qui vous présente mes excuses. J'ai été maladroite.

– Vous n'allez pas vous y mettre aussi… Excuses acceptées. Promis, je veillerai sur vous pendant que vous batifolerez dans la myristicine. Tout ira bien, *Inch'Allah* !

– Quant à vous, Christian, laissez-moi vous souhaiter un merveilleux voyage en muscade Première classe.

– Bon voyage, Amélie… *Inch'Allah,* comme on dit.

Le voyage de Christian[1]

Christian s'aperçut avec stupeur que tous les passagers assis autour de lui étaient des filles. Il y avait notamment les Japonaises qu'il avait côtoyées à l'école *Shagako*. Elles n'avaient pas changé, à ce détail près qu'aucune d'elles ne s'en était encore prise à lui. Ce n'était pas qu'elles l'ignoraient, il avait croisé plusieurs fois leurs regards bienveillants, mais elles ne semblaient pas le reconnaître. Il aurait aimé leur rendre service, comme au bon vieux temps, mais la Première classe pourvoyait déjà à la plupart de leurs besoins. Elles étaient confortablement installées au sommet de la pyramide de Maslow : nourriture et sommeil, sentiment de sécurité, reconnaissance sociale, et même accomplissement personnel pour certaines. Il attendrait donc leur arrivée à l'aéroport de Tokyo pour proposer de récupérer leurs bagages sur le carrousel, celui qui roule toujours trop lentement quand on les attend, et trop vite quand il faut s'en saisir.

1. À partir d'ici, il est suggéré au lecteur d'enchaîner sans pause les deux prochains chapitres, relatifs aux voyages de Christian et d'Amélie, afin de ne pas perdre le fil d'un récit marqué par une consommation excessive de muscade.

Pris d'une empathie soudaine pour ces valises, Christian plongea en plein trip régressif et décida d'effectuer lui aussi un tour de manège. Il actionna le bouton vert lumière sur le bord de son accoudoir : son fauteuil s'engagea automatiquement sur le carrousel qui scintillait dans l'allée en longeant les sièges. Sur le plafonnier, par milliers, des étoiles clignotaient. Comme ses yeux. Le menton haut, le dos bien droit appuyé contre deux coussins, il entreprit une tournée de leur illustre compartiment. Il saluait ses anciennes camarades de classe gracieusement, d'un coucou papal. Elles paraissaient moins malicieuses qu'à l'époque, mais plus jolies encore. « Coucou papal »… il aimait cette sonorité un peu créole, bien que vaticane, et surtout il appréciait ce plaisir rare de découvrir une expression décrivant une chose qu'on a souvent observée sans avoir l'idée de lui donner un nom. En effet, la plupart des images qu'on nous laisse voir des papes, depuis que la photographie existe, sont des coucous papaux. Magnifique au pluriel ! Christian prit conscience de la saveur culinaire que prenait cette formule si on lui appliquait la règle grammaticale du pluriel à chaque syllabe – règle relativement inédite, donc plutôt une exception, ce qui est logique puisque les « cous-cous papaux » sont rarissimes. Alors qu'il s'agit du plat préféré de nombreux fidèles, quelle étrangeté ! Cette consonance lui rappela Coco, son perroquet cacatoès, qui n'aurait pas renié ce jeu de mots ecclésiastique berbère.

Son trône glissait sous une canopée peuplée de lucioles tropicales, sur fond d'une musique multicolore. Ou l'inverse. Les Japonaises défilaient délicatement, et lui jouissait de cette sensation grisante de voir circuler des gens arrêtés en étant soi-même immobile. Jusqu'à ce jour, elles ne lui avaient pas consenti le moindre égard et cela avait profondément manqué à l'ascension de sa propre pyramide de Maslow. Une pyramide petite comme celle de Mykérinos, en Égypte, qui avait bien choisi son nom parce qu'elle avait vraiment l'air minuscule quand on le prononçait avec l'accent espagnol : « *Holà, Mykérinos !* » Ce salut ibérique couplé à son coucou papal faisait sensation. Ou était-ce la présence de Coco, fièrement perché sur son épaule et qui lançait des « cous-cous papaux » avec stridence ? Peu importait finalement, puisque enfin Shagako lui prêtait attention.

Symptôme évident du trip psychotrope, Christian était affamé. Le couscous indien qu'on leur avait servi était exquis, et la noix de muscade directement importée d'Indira Gandhi n'y était pas pour rien. Merci Amélie. Il allait retourner à sa place pour réclamer encore une part à l'hôtesse géante. Mais avant, il s'accordait une dernière parade pontificale. Amélie s'était adoucie depuis l'escale, et Shagako le regardait enfin : il ne pouvait pas manquer ça.

Comme Shagako était belle avec ses longs cheveux noirs et son grand chapeau, comment avaient-ils pu s'éloigner l'un de l'autre ? Pourquoi n'avaient-ils jamais été proches ? Une enfance et une adolescence entières sans autres baisers que ceux de sa maman : comme lui, les garçons qui en sont privés finissent inévitablement par se cacher derrière une plume pour entrer en contact avec la fille de leurs rêves. Mais tous ne sont malheureusement pas des poètes, et bien peu ont la chance d'avoir Cyrano de Goldorak pour meilleur ami. D'ailleurs, où se trouvait Frank en cette heure de gloire tant attendue ?

Il s'en passait, des choses, dans la tête de Christian. Il semblait converser avec le reflet sur l'écran central, et parfois des bribes de cette discussion invisible sortaient de sa bouche.

Si seulement Shagako avait su qui j'étais vraiment. Pourquoi on ne peut pas laisser la personne de son choix entrer dans notre tête ? Juste une fois. Amélie verrait tout de suite à quel point je l'aime. D'une façon que personne sur cette planète ne pourrait jamais l'aimer. Elle tomberait forcément amoureuse en retour. C'est impossible de ne pas aimer quelqu'un qui vous aime comme ça. Elle comprendrait tout de suite pourquoi j'ai demandé à Frank pour les haïkus.

Amélie, je suis tellement déçu que vous soyez déçue. C'est parce que je suis gros ? Ou alors, je ne suis pas à la hauteur, c'est ça ? Je ne parle pas aussi bien que dans les haïkus. Mais les haïkus, c'est pour la forme, le plus important c'est qui on est, non ? Pourquoi les gens qui ne savent pas manier les mots ne pourraient pas séduire ceux qui savent ? Ce qui compte, c'est de se comprendre et souvent avec les mots on ne se comprend pas. Shagako, j'ai déjà raté ton amour parce que je n'avais pas les mots en japonais. Et toi, tu ne me comprenais pas non plus parce que j'étais vilain. J'avais neuf ans comme maintenant. Bientôt, j'en ai six. Et quand j'aurai deux ans, je ferai comme Amélie. Je serai un tube.

J'ai faim.

Neuf ans. Exactement mon âge quand les génies sont morts. Tu sais, Shagako, depuis, je suis encore plus gros. Mes parents, ils voulaient juste ramener Lady Oscar à la maison puisque leur patron n'en voulait pas. Mais il mentait, il l'avait donnée à d'autres ingénieurs qui avaient effacé sa mémoire et son métier d'abracada-draps, et l'avaient transformée en soldate.

Alors, quand ils sont venus à l'entrepôt pendant la nuit pour la libérer, l'araignée s'est retournée contre eux comme le monstre de Frankenstein, mais nous, nous, on ne l'avait jamais rejetée. Lady Oscar nous avait oubliés. Nous aussi, on avait oublié de lui donner un nom quand elle était à la maison. J'ai pas pu lui dire au revoir, ni à mes parents. Et je n'ai jamais revu Coco, il s'est enfui parce que les génies sont morts par sa faute. À cause de la blague de trop : il adore réveiller les gens qui dorment, mais il n'aurait jamais dû réveiller Lady Oscar, car elle n'était plus elle-même. Les journaux ont dit que c'était un accident.

Amélie, pourquoi on doit sortir de l'enfance ?

Je suis content de ne plus être un enfant. Sauf aujourd'hui, j'ai huit ans. Et demi. Parce que être un enfant, c'est pas drôle quand on est tout seul à Shagako. *Alors, avec Frank, on a eu l'idée du programme Pinocchio, pour que plus personne se sente seul. Comme Geppetto qui n'avait pas d'enfant. Personne ne devrait être seul, parce qu'il y a suffisamment de gens sur Terre. C'est n'importe quoi, la pyramide de Maslow. Les gens veulent juste ne pas être seuls. Amélie, vous vous êtes déjà sentie abandonnée ? Vos haïkus étaient tristes, parfois.*

Ça y est, vous me voyez enfin comme je suis. Merci la muscade, vous lisez en moi comme dans un livre. Vous avez vu, Coco s'est posé sur votre épaule. Avec vos cheveux noirs qui flottent au vent, vous ressemblez à une pirate de l'espace. Amélie, on prend la mer ?

Coco est mon ami même s'il est un peu bête. Tout le monde devrait avoir un Coco dans sa vie. Rigoler, c'est tout ce que veulent les gens, c'est la pyramide espagnole de Mykérinos.

Je suis content que tu entres dans ma tête, Shagako la pirate. C'est tout ce que je voulais, qu'on me comprenne. Parfois, j'ai l'impression que tous les gens sont Japonais, sauf moi. Pourquoi seulement une poignée d'êtres humains, sur des milliards, nous comprennent ? Pinocchio va tout changer : on ne grandira plus tout seul et on ne vieillira plus dans son coin. Les vieux aussi veulent rigoler, pourquoi ce serait réservé aux enfants ? On aura un ami avec qui on pourra rire tous les jours. Il suffira de l'allumer.

Je me sens léger. Je pèse une plume.

Amélie, si les enfants se moquent de vous à l'école, vous aurez toujours quelqu'un à qui parler. Même si vos parents travaillent trop et ne savent pas comment vous aider. Ou si vous n'avez plus de parents. On peut vivre sans parents, mais pas sans meilleur ami. Chacun son Frank, il sera là pour vous donner des conseils sur comment se faire des copains. Si je n'ose pas aller vers les autres parce que je suis complexé, et s'ils ne viennent pas vers moi parce que je suis zéro, qu'est-ce que je dois faire ? Il y en a qui se font des amis tous les jours, comme ça, comme le pape. Les filles les aiment tout de suite, ils ont même pas besoin de sourire. Moi, j'arrive pas à sourire quand je ne connais pas la personne. J'arrive même pas à la regarder dans les yeux. Surtout une fille. Impossible, sinon elle va savoir qu'elle me plaît. En plus, toutes les filles sont belles quand elles sourient – surtout à Shagako *quand elles se moquent. Je ne saurais même pas laquelle choisir, si j'avais le choix. Sourire, je sais que c'est déjà un bon début avec les gens, mais moi ça ne vient pas. J'ai envie de rentrer dans la conversation, mais je ne sais pas quoi dire. Je ne sais pas raconter les histoires. Parfois, Frank, il dit des choses toutes simples et tout le monde écoute parce que c'est bien raconté. Ou alors c'est sa façon de parler ? Comment on fait pour avoir du charme ? Frank, c'est grâce à son accent presque québécois.*

Coco, lui, c'est parce qu'il est drôle. Si on n'est pas snob envers les jeux de mots.

J'aimerais bien avoir du charme.

Shagako, on pourrait faire une chasse au trésor entre pirates. Je te prête Coco aussi longtemps que tu veux. Le premier qui trouve le trésor n'est plus zéro. On prend la mer, tu sais naviguer ? Moi, je nage le papillon, si jamais on doit sauter du bateau et plonger dans le ciel. Parfois, les pirates doivent quitter le navire parce que l'avion s'écrase. Mais t'inquiète pas, ici c'est Première classe, on est en sécurité. Inch'Allah.

On prend le large. Coco est revenu, il va nous emmener au trésor caché au fond de la caverne dans la montagne écarlate. Dépêchez-vous, Amélie, il faut sortir de ma tête, la lave en fusion coule dans l'escalier !

Eh, mais il y a quelqu'un dans la grotte au trésor… Je te reconnais, avec tes yeux hirsutes…

Christian détourna son regard du reflet sur l'écran central :

– Aya ? Que fais-tu ici ?

– Je te regardais, Christian, tu étais retourné à *Shagako*.

– Shagako m'a pardonné d'être vilain, elle me comprend maintenant.

– Tu n'es pas vilain, tu es le plus beau de tout le collège *Chugako*.

– Je n'avais jamais entendu le son de ta voix.

– C'est parce que je ne sais jamais quoi dire.

– Oui, il y a des gens qui savent raconter les histoires.

– Moi, je dessine au fusain.

– Mais pourquoi tu dessines des monstres ?

– Parce qu'ils se sentent seuls.

– Tu sais, Aya, nous aussi, les fantômes, on se sent seuls.

– Tu crois que je ne sais pas ce que ça fait quand plus personne ne te regarde ? La seule chose qui est pire qu'être un fantôme, c'est d'être un monstre qui fait fuir les autres.

– Mais ça se comprend, si tes monstres ont des griffes…

– Parfois, on naît avec des griffes et ça ne veut pas forcément dire qu'on est méchant.

– Si tu attaques les enfants, c'est normal qu'on ait peur.

– Je ne t'ai pas attaqué, je voulais juste t'attraper à la fenêtre parce que la lave coulait du volcan.

– Aya, c'était pas un volcan, c'était le bâtiment de la bibliothèque.

– C'était pas de la lave, c'était des flammes.

– J'aurais pu mourir…

– Non, les flammes, c'était ce que je ressentais.

– Tu m'aimais ?

– Je n'avouerais jamais à quelqu'un que je l'aime, même si c'était vrai.

– Reconnais qu'un reptile géant, ça fait peur.

– Christian, l'amour, ça fait peur.

– Moi, avant toi, j'avais de l'expérience, j'ai aimé Shagako.

– Qui aimais-tu à *Shagako* ?

– Toutes les filles qui se moquaient de moi…

– Tu aimais les filles qui se moquaient de toi, et tu avais peur de celle qui te faisait un dessin ?

– Parce qu'elles me souriaient…

– On n'aime pas toujours les personnes qu'on devrait.

– Alors, ça, c'est bien les filles : tu dis pas si tu m'aimes, mais tu voudrais que je t'aime. Tu sais, pendant des années après le collège, j'avais souvent l'impression de t'apercevoir sur un banc avec tes fusains. Mais c'était jamais toi. Et ton reptile m'a poursuivi longtemps dans mon sommeil, même quand j'ai connu Amélie.

– Mais qui est cette Amélie dont tu parles tout le temps ?

– Un tube.

– Christian, la brièveté de cette biographie n'a d'égale que sa pertinence.

– Pardon, Amélie, j'étais parti loin… Vos yeux ont bridé, c'est fou ce que vous ressemblez à Aya !

– J'ai effectivement manqué une partie de votre tournée triomphale à l'autre bout du compartiment, mais de ce que j'ai compris, il semblerait que j'aie aussi quelque chose de l'école *Shagako*.

– Shagako, Aya et Amélie dans le même avion… Mon royaume pour que ce voyage ne finisse jamais.

– Bienvenue sur Royal Air Muscade.

– Amélie, j'ai compris la différence entre vous, et Shagako et Aya.

– Laissez-moi deviner… Je suis titulaire du brevet des collèges, et j'ai la majorité légale.

– Vous me faites mourir de rire.

– Si vous saviez.

– Vous voyez, vous êtes drôle.

– Comme votre Coco ?

– Je ne crois pas que vous auriez été capable du jeu de mots sur le couscous papal.

– Je vous confirme que non.

– Amélie, est-ce que vous vous trouvez snob ?

– En matière d'humour, j'ai bien peur de l'être.

– On est tous le snob de quelqu'un.

– Vous-même me paraissez assez snob avec votre Tamagotchi humaniste voyageant en Première classe.

– Celle-là, c'est la meilleure. C'est quand même vous qui avez exigé la Première !

– Dieu merci, il existe un espace feutré pour les gens qui souhaitent voyager incognito.

– Incognito avec un grand chapeau.

– Christian, on avait dit « pas les vêtements ».

– Désolé, je crois que je suis jaloux de ce couvre-chef. Il y a tellement de place à l'intérieur, c'est compté comme un bagage à main ?

– Votre nouvelle passion pour le sarcasme est en passe de supplanter votre degré-et-demi : le saint a disparu !

– Je ne suis malheureusement pas un saint.

– Saint snob. Bon, je ne l'ai pas volé. Et je crois que j'aime ce mot, pour son côté archaïque et à la fois moderne.

– « Snob » : une sonorité moins créole, plus *british.*

– En l'occurrence, ce terme nous vient du latin. Christian, s'il vous plaît : dites « Mahatma ».

– Ma... ha... tma. J'oublie une voyelle ?

– On dirait un papillon.

– Je ne comprends pas ce que vous dites, mais je suis d'accord. Et si on écrivait un haïku snob ?

– Confions cette mission à Frank.

– Comment avez-vous deviné que c'est Frank qui écrit les haïkus ?

– Euh... je l'ignorais complètement, je ne savais même pas les Tamagotchis capables de poésie. Je proposais simplement d'offrir à Frank un rôle plus noble que celui de critique littéraire.

– Nos excuses aux critiques littéraires qui sont dans la salle.

– Christian, je ne sais plus si vous êtes sérieux, cessez vos sarcasmes, je vous en conjure.

– C'est pas moi, c'est la muscade. En tout cas, je vous rassure, ce n'est pas Frank qui a écrit les lettres.

– Cela ne me rassure pas du tout que vous ayez besoin de le préciser... Et ce qui m'inquiète davantage, c'est que vous ressemblez de plus en plus à Pinocchio.

– J'ai l'air d'un robeau ?

– Christian, votre nez s'allonge.

– Je ne comprends pas.

– Littéralement, votre nez s'allonge. C'est peut-être l'effet de la muscade, mais il grandit à vue d'œil. Vous qui appréciez les allégories naïves, vous devriez chercher dans l'histoire de Pinocchio pour comprendre ce qui vous arrive.

Christian sentit la lave brûlante l'encercler et avancer sur lui. En sueur, il ouvrit le hublot et plongea hors de l'avion pour s'enfuir. Il nagea sans respirer pour s'éloigner de l'appareil mais le sentiment de honte le poursuivait, crachant son souffle chaud sur sa nuque. Abandonnant la brasse pour le papillon, plus adapté au milieu aérien, il trouva refuge sur un nuage rose.

Le voyage d'Amélie

Amélie s'aperçut avec stupeur que tous les passagers assis en Première classe étaient des Tamagotchis. Ils conservaient leur taille humaine, mais leur corps avait la forme d'un gros œuf en plastique multicolore, bras et jambes de chaque côté, et un petit écran à la place du visage qui affichait des émojis. Chacun d'eux portait également un grand chapeau noir, copie conforme du sien, une pièce pourtant unique cousue par son chapelier favori. Ce déguisement était sûrement très amusant, mais elle n'appréciait guère les blagues qui font rire toute l'assemblée à l'exception d'une personne, et cela n'avait rien à voir avec le snobisme. C'était même exactement le contraire : la moquerie sans tendresse relève plus du mépris que de l'humour.

Un Tamagotchi aux lèvres rouge Chanel vint lui réclamer un autographe. Selon lui, l'adoption de ce couvre-chef était un hommage à son génie, il avait lu tous ses livres. Un vrai fan. Cela dit, il trouvait que leur format court consacré, ainsi que les effets récurrents comme ces personnages aux prénoms improbables et aux physiques extrêmes avaient tendance à uniformiser son œuvre.

À son tour, Amélie sembla s'adresser au reflet sur l'écran central, avec bribes de discussion invisible :

Vous n'allez pas recommencer ? Tous les robots dans cet avion sont-ils livrés avec la fonction critique littéraire ? Pourquoi juger d'un ouvrage à l'aune de la personnalité de son auteur ? Lisez mon premier roman comme si c'était votre boulangère qui l'avait pétri, et si le pain est bon, attaquez le second comme s'il venait de chez votre boucher. Et si leur brièveté vous laisse sur votre faim, brochez tous mes livres en un seul tome. Vous obtiendrez quelque chose de nettement moins aplati. Un authentique recueil de fables, comme les Métamorphoses, *l'un de mes amis proches. Ou comme les* Notes de chevet *de Shônagon, que j'ai lu plus de cent fois. Mon record.*

Quelqu'un s'est-il jamais demandé pourquoi je publiais tous ces récits à intervalle régulier ? Personne n'a imaginé qu'il puisse en réalité s'agir d'un feuilleton ovidien, chaque texte s'inscrivant dans une fresque plus globale ? Un manifeste mythologique, un catalogue des âmes humaines, par exemple. Ou bien tout autre chose. Je ne prétends pas que ce soit le cas, mais je proclame mon droit à la sous-jacence.

Et vous, cessez d'écrire mon voyage à la première personne. Si certaines drogues offrent un tel pouvoir, aucune ne vous en accorde la prérogative.

La muscade avait mis plus de temps à faire effet sur Amélie que sur Christian, qui planait déjà haut, en surplomb du stratocumulus qui les surveillait de loin. Bien pratique pour affronter le vent à cette altitude, ses yeux avaient bridé. Amélie constata qu'il avait lui-même adopté une attitude totalement débridée : perché sur son nuage, il portait un pagne très court de marque olympique, Antiquité cuir, collection « printemps-été » avant Jésus-Christ. Cette scène convoquait Apollon tout droit sorti d'une aquarelle vénitienne, l'œil pareillement plissé par la vitesse de son char fendant les cieux. D'ailleurs, bien que grec, on oublie souvent qu'Apollon était asiatique : allié à sa sœur Artémis contre Agamemnon, ils défendaient les couleurs de la ville de Troie, située en Asie Mineure, au cours de la guerre éponyme rapportée dans l'*Iliade*. L'entourage d'Amélie manquait cruellement d'experts avec qui débattre de ces sujets fondateurs. Elle s'était toujours sentie un peu seule.

Dans la stratosphère où se trouvait l'avion actuellement, cette apparition d'Apollon sous les traits de Christian était tout à fait logique. On survolait Myanmar, un joli nom de pays dans le ciel duquel rencontrer le dieu de la lumière et de la beauté masculine. Glorifiée de quelques rondeurs.

Amélie ignorait si elle aimait les hommes épais parce que résonnait en eux son adoration pour le sumo – qu'elle partageait malgré elle avec feu Jacques Chirac – ou parce que leur compagnie l'éloignait du spectre de l'anorexie dont elle avait souffert dans sa jeunesse. Cette maladie semblait derrière elle – même si elle l'évoquait parfois dans les médias pour témoigner qu'une guérison est possible –, elle penchait donc pour la première option.

Les sumotoris sont sublimes dans leur amas de chair. Amélie frissonnait devant ces parures d'épiderme aux mensurations gigantesques, mais son véritable péché mignon, c'était leur petit chignon. Elle les collectionnait difficilement, car seuls les sumos à la retraite coupent leur couette, que les connaisseurs s'arrachent ensuite sur le marché noir. Comme les ailerons de squales et tout ce qui est rare ou interdit dans l'archipel, on leur prête, une fois consommés en infusion, des vertus aphrodisiaques qu'Amélie n'avait pas encore eu l'opportunité d'expérimenter.

Devient-on sumotori par choix, pour être adulé par les filles, ou parce que la nature nous a gratifié à la naissance d'une puissance corporelle supérieure ? Cette boulimie répond-elle à une vocation singulière, ou la nourrit-on pour combler un vide infini, pour apaiser une absence inguérissable ? Christian lui avait confié dans ses premières lettres combien il avait pâti des difficultés pour un Occidental de grandir au Japon, et du niveau d'exigence de l'école *Shagako* qui parfois confine à la cruauté, surtout quand on est un zéro.

Christian, vous devriez couper ce chignon.

Amélie avait faim. Elle aurait volontiers échangé cette fringale désagréable contre le grand retour de sa boulimie créative, dont elle n'avait jamais souhaité être secourue. Car son appétit glouton pour les mots l'avait sauvée de l'anorexie à l'âge de dix-sept ans, et depuis protégée d'une rechute. Jusqu'à ce jeûne, qu'elle avait entamé quand Dieu avait arrêté de lui écrire.

C'était donc cela, le danger qu'elle avait pressenti au-dessus de l'Albanie ? La privation alimentaire qu'elle s'était infligée à l'adolescence était-elle en train de resurgir alors qu'elle échouait à retrouver l'inspiration ? Les souvenirs de ce traumatisme remontaient à la surface – ou c'était elle qui plongeait au fond d'elle-même sous l'effet de la muscade. Comme Christian, les blessures de l'enfance avaient marqué sa peau au fer rouge. Christian avait enflé pour disparaître derrière sa propre chair, Amélie s'était asséchée pour anéantir la sienne. Le dégoût de son corps, après que quatre hommes l'avaient agressée sur une plage l'année de ses douze ans, l'avait décidée à cesser de s'alimenter. Elle avait cherché à détruire le moindre signe annonciateur de la puberté. Ne surtout pas devenir une femme. Pas de seins. Pas de hanches. Pas de cycle menstruel : l'anorexie lui avait donné ce pouvoir de garder son corps d'enfant. Mais elle avait failli en mourir. Alors, pour guérir, elle s'était consacrée tout entière à sa mission littéraire, avec une routine millimétrée : elle avait écrit chaque jour au creux de la nuit, aux mêmes heures, le même nombre de pages. Et grâce aux mots, peut-être aussi grâce à l'amour de Prétextat – bien qu'elle ait dû s'en débarrasser pour venir à bout de son roman –, elle était parvenue à s'extraire de cet état dépressif. Puis à mettre un terme à ses années de dénutrition. En devenant une écrivaine boulimique, elle avait survécu à l'anorexie.

Amélie avait haï ces types, mais elle n'avait pas haï tous les hommes. Elle les avait seulement tenus à distance. Ni intimité, ni proximité. Puis elle avait commencé à préférer les hommes ronds. Et assoupis.

Si son nez disait vrai, ce qui était plausible avec la muscade, Christian avait menti. Cela expliquait la beauté croissante des kanjis dans ses courriers. Les kanjis, la mièvrerie, le degré-et-demi disparu, tout s'expliquait. Christian était sublime comme un sumo, mais il n'était pas le dieu qu'elle avait prié à la lueur des bougies.

Christian au bois dormant dont elle était tombée amoureuse n'existait pas, c'était elle, Amélie, qui dormait depuis deux longues années. Elle venait à peine de s'éveiller, grâce à la muscade qui finalement est un sérum de vérité, pas un philtre d'amour.

Christian-Pinocchio. Sa tricherie sautait aux yeux désormais, et il l'avait confessée malgré lui. Or l'envie d'écrire ne revenait pas. L'amour était toujours là, il avait simplement changé de messager.

Christian était peut-être assis sur le siège à côté, mais ce n'était pas lui. Enfin, elle ne savait plus trop, les visages et les couleurs se mélangeaient. Le sumotori avait un corps de Tamagotchi, comme tous les passagers Première classe. Un gros œuf en plastique vert tortue. Oui, c'était Frank, version sumo. Il portait un chapeau, mais à la différence des autres Tamagotchis, le sien dardait une immense plume d'oie comme celui de Cyrano – plus grande que la plume rose nuage de Pinocchio. Et il avait un nez protubérant, Cyrano également – moins long que celui de Pinocchio. Amélie fut instantanément séduite par cet appendice magistral : pic, cap, péninsule. Frank n'était pas l'insignifiant petit œuf qu'elle avait saisi entre ses doigts lorsqu'il avait pris la parole sur l'accoudoir. C'était évidemment lui, la divinité épistolaire qu'elle avait tant priée. Comment avait-elle pu l'ignorer ? Elle s'en voulait de son attitude quand elle avait découvert sa présence dans l'avion. Elle regrettait sa susceptibilité mal placée face à la répartie dont il avait fait preuve. Après tout, Frank n'était pas un inconnu : c'était lui le créateur du haïku poivre et sel.

Lui seul comprenait ses références aux mythes grecs et japonais. Enfin elle avait un complice, Frank le dieu calligraphe. Un authentique amateur de chapellerie qui plus est, avec sa plume d'oie, et obèse, soit parfaitement à son goût. Frank de Bergerac.

– Frank, savez-vous que le terme « snob » remonte à l'Empire romain ?

– Oui, à l'école, ils marquaient la différence entre les enfants nobles et ceux du peuple en inscrivant « s.nob. » après leur nom, abréviation de *sine nobilitate*.

– Vous êtes un puits de science.

– Et encore, je me retiens. Je ne voudrais pas attiser votre technophobie par ma connaissance artificielle du latin.

– Bien au contraire, vous avez l'art d'exposer les choses avec beaucoup de légèreté. Ajouté à votre accent, cela vous confère un certain charme.

– Arrêtez, je rougis… Mais vous savez, je comprends les humains qui ont peur des robeaux ayant réponse à tout.

– Je ne suis pas familière des relations avec les robots, passant peu de temps en cuisine, mais on ne devrait pas avoir peur des gens cultivés.

– J'apprécie que vous me considériez comme un « gens cultivé ». Donc enfin comme une personne à part entière.

– Je suis sincèrement désolée pour ma maladresse avec l'option veille. Vous êtes à mes yeux bien réel, et je suis absolument fan de votre chapeau à plume d'oie.

– Si vous en voyez un, alors je le fais mien. J'ai toujours rêvé de porter un couvre-chef.

– Frank, puisque les psychotropes délient les langues, je dois avouer que je trouve votre physique plutôt avantageux.

– Si vous voyez des rondeurs, c'est que vous pensez à Christian…

– J'admets que ses indiscrétions en pagne m'ont troublée. Il faut dire que le pagne était très court, je dirais grec avant Jésus-Christ.

– Doit-on accorder du crédit à quelqu'un qui a troqué ses vêtements pour un mini-pagne bricolé avec sa sacoche en cuir ?

– C'est tout à votre honneur que de tenter de couvrir votre ami, mais la muscade ne trompe pas.

– Amélie, vous êtes vous-même en plein trip.

– Oui, j'ai clairement aperçu Apollon et quelques sumotoris sous la couette. Mais cela ne remet nullement en cause les confessions de Christian.

– Sumo ? Ne me dites pas que vous êtes comme moi une aficionada de ce sport incompris…

– Vous changez de sujet, mais oui pour le sumo. C'est autrement plus épique que la corrida.

– Amélie, vous n'ignorez pas que les taureaux sont maltraités aussi ?

– Mais les sumotoris en réchappent, en général. Saviez-vous qu'il existe un tournoi baptisé « Coupe Jacques Chirac », qui lui a d'ailleurs survécu ?

– Je pensais que c'était une blague nippone, je ne distingue pas toujours le premier du second degré. Ni le vrai du faux.

– Alors je vais vous faire une révélation : tout cela est faux.

– Chirac ?

– Non, tout le reste, les courriers de Christian, le chapeau des Tamagotchis, notre voyage, sauf la Royal Air Muscade, peut-être.

– Il y a d'autres Tamagotchis ?

– Christian n'étant pas l'auteur de ses lettres, il est innocent et on fonce tout droit vers une erreur judiciaire. Il n'était pas foncièrement coupable, mais l'amour est un coupe-faim, or il faut bien que je recommence à écrire.

– Amélie, je sens qu'il ne me manque pas grand-chose pour comprendre.

– C'est un peu décousu mais c'est la vérité : quand on fixe un écran une heure en Albanie, c'est l'indice d'une grosse fièvre, ou alors on plane. Mais là, ce n'étaient pas les épices Bollywood, du moins pas encore. Je le sais, c'est moi qui les ai pilées. C'était avant. Je veux dire, l'écran.

– C'est confus.

– La noix de muscade c'est Nessos, enfin Déjanire. Pas Clytemnestre, il n'y a malheureusement pas de bain thermal en Première classe, je suis bien renseignée. Christian va mourir.

– Je croyais qu'il exagérait quand il voulait sauter par le hublot.

– C'est le problème avec vous, Frank, vous ne voyez pas quand c'est sérieux.

– Mais alors, vous aussi, vous voulez sauter de l'avion ?

– Non, j'ai pris une dose deux fois moindre, mais c'est une autoroute assez puissante. Artémis A1.

– Effectivement.

– Mais j'ai une bonne nouvelle : j'ai prévu l'antidote.

– Et la mauvaise ?

– Je n'ai pas la plus petite idée de l'endroit où j'aurais pu le ranger.

– Si j'étais une Amélie et que j'avais quelque chose à cacher, je l'enfouirais bien à l'abri dans mon grand chapeau discret.

– Élémentaire, mon cher Watson !

– Sherlock Holmes, Cyrano, Frankenstein, j'ai l'impression d'être cantonné à la littérature du dix-neuvième siècle.

– Lisez Nothomb…

– Qui est-ce ?

– C'est malin.

– Pardon, Amélie, je m'exerce au second degré.

– Vous progressez, c'est évident. Mais ne perdez pas votre degré-et-demi, je maintiens que c'est votre marque de fabrique.

– Donc, vous savez pour les haïkus…

– Je sais tout ! Je me tue à vous le répéter.

– Je me demandais si vous plaisantiez. Vous n'êtes pas crédible avec vos yeux plissés.

– Apollon aussi a les yeux bridés.

Un émoji avec deux tirets à la place des yeux s'afficha sur l'écran du Tamagotchi :

– Je vous crois les yeux fermés. Mais si cet empoisonnement collectif est avéré, la situation est urgente et nous n'avons plus de temps à perdre. Votre chapeau…

– Je ne me découvre jamais en public.

– Alors foncez vous isoler…

– Les toilettes sont ma deuxième maison, j'y retourne !

Amélie eut tout de même quelques difficultés à retrouver sa maison. Une fois à l'abri des regards, elle plongea dans son chapeau et récupéra son téléphone. Ou peut-être son lapin blanc ? *Amélie au pays des merveilles.* Non, c'est de l'antidote qu'elle avait besoin, d'autant qu'on ne trouve pas toujours sur Internet ce qu'on n'était pas venu chercher. De toute façon, son écran clignotant comme un stroboscope était illisible.

Loin de moi l'idée de faire l'apologie des drogues, mais je souhaite à tout le monde d'assister au moins une fois dans sa vie à un portable sous psychotrope. C'est Bollywood.

Le voyage de Frank

Après de longues minutes, Amélie revint avec une petite boîte cylindrique contenant le reste de la muscade et le charbon actif, contrepoison efficace contre toute forme d'intoxication. Frank en dispensa trois gélules à Christian pour le faire redescendre de son nuage, et deux à Amélie qui ne savait plus où elle habitait – elle cherchait en vain la fonction GPS dans son téléphone. Puis il essaya de s'administrer une dose de l'aromate. Lui aussi avait envie de goûter à cette expérience à fleur de peau, envie de vivre. Il espérait également se hisser à leur altitude, car d'où il était, c'est-à-dire sur son accoudoir à environ un mètre du sol, il avait difficilement décodé les propos d'Amélie. Pourtant, à l'exception des deux amateurs de psychotropes, Frank était sûrement le moins sobre de tous les passagers de l'avion : il était complètement étourdi par la présence de l'écrivaine. Jamais il n'avait ressenti cela pour une femme. Il avait connu des filles au lycée *Kookoo*, grâce au club de poésie haïku, et certaines étaient devenues des amies. Il avait même entretenu longtemps une correspondance avec l'une d'entre elles, qui s'appelait Aya. Ce prénom n'est pas très répandu au Japon, mais c'était une pure coïncidence car cette Aya-là ne dessinait pas. Elle peignait à l'huile, preuve de sa douceur – un pinceau étant par essence moins létal qu'un fusain, grand ambassadeur des ombres et des ténèbres. Mais l'homonymie avec la dessinatrice-reptile s'était avérée si encombrante qu'il avait préféré taire cette amitié à Christian. C'était bien le seul secret qu'il avait eu pour lui. Avec la nouvelle Aya, ils s'étaient écrit et peint jusqu'à ce que Frank fût fait Cyrano par les circonstances, puis il avait coupé court, mal à l'aise avec l'idée de nourrir concomitamment deux relations de cette nature. D'autant que rien dans ses échanges avec Aya n'atteignait ce qui était en train de naître avec Amélie.

Il n'avait pas non plus informé Christian de cette étincelle que la romancière avait allumée en lui. C'était plus un silence qu'un secret car, par définition, un secret est partagé par deux personnes au moins, or Amélie l'ignorait aussi. Disons jusqu'à ce jour. Alors si l'on comptait celui d'Aya déjà obsolète, cela faisait deux secrets au total de leur amitié. Mais il s'agissait de « Petits Secrets », pour un seul être, et non pour toute l'humanité comme dans Barjavel.

À quel moment suis-je tombé amoureux d'Amélie ? Pas quand on s'écrivait, je crois. Bien que déjà ses kanjis produisaient sur moi un effet irrépressible, délicieux, donc embarrassant. Mais stimulant. Comme si mon système Tamagotchi me poussait dans cette relation et cette correspondance, pour favoriser ma progression. Alors que j'étais supposé être en mission pour Chris. Je devais être ce camarade qui part au front, à la place de son meilleur ami trop timide pour parler à la fille de ses rêves : au lieu de ça, j'ai transgressé les règles fondamentales de l'amitié. Défaut de loyauté, de sincérité, et je n'ai même pas été honnête avec moi-même. À quel moment ça a vrillé ? Le haïku poivre et sel ? Les Notes de chevet *? Une vrille en avion, c'est une chute en piqué. J'ai fini par m'écraser, entre deux sièges.*

J'ai senti une douceur brûlante quand Amélie m'a pris entre ses doigts. Et une pointe glaciale quand elle m'a reposé sur l'accoudoir. On m'avait déjà pris en main, bien sûr, c'est ce que font les gens quand ils rencontrent un Tamagotchi – de même qu'ils coiffent les chiens et les chats qui les approchent, ou décoiffent les enfants qui passent à leur portée. On avait cliqué sur ma coquille, tapoté mon écran, mais, au-delà du plastique et du Plexiglas, personne ne m'avait réellement touché. Alors pourquoi Amélie ? À cause des haïkus ? Un poème + les doigts = amour ? On perçoit une logique… mais je ne vois pas du tout qui aurait programmé ça. Certainement pas Christian. Et encore moins les génies, en général plus émus par les jeux de mots capillotractés de Coco que par les alexandrins.

Une émoticône perplexe se gratta le menton sur l'écran de Frank.

L'intelligence artificielle du cœur, on comprend. L'amour artificiel, on y croit moins.

Normalement un Tamagotchi ne tombe pas amoureux, même s'il peut en imiter le comportement. Un humain doit pouvoir aimer un robeau, surtout s'il cumule les qualités, mais pourquoi un robeau l'aimerait-il en retour ? Peut-être que, en amour, le physique y est pour quelque chose ? Je voudrais un corps, chaud comme la peau d'Amélie. Avec des doigts et des ongles. Des lèvres et des yeux. Un chapeau.

Je crois que je pourrais sauter par le hublot si elle me le demandait. Un clin d'œil de sa part, et à l'inverse je promets de rester figé pour l'éternité. Comme une statue d'Apollon. À moins qu'elle ne me donne l'ordre de respirer. Un sourire, juste une moue, et pour elle j'asservirai l'humanité. Avec un haïku.

C'est fou cette absence de second degré quand on aime. C'en est même le symptôme le plus évident ; comme la perte d'odorat quand on contracte certains virus. Aimer c'est très premier degré.

Il faudrait que je lui parle.

L'écran de Frank s'illumina :

– Saviez-vous, Amélie, qu'il est plus facile pour un robeau d'éprouver des sentiments que des émotions ? On peut tout à fait programmer des réactions pour simuler le ressenti d'une émotion, mais celle-ci ne nous est pas naturelle, si je puis dire. On peut apprendre un sentiment et comment le faire grandir, comme on apprend à apprécier l'opéra par un ami pédagogue qui nous fait entendre un contrepoint, distinguer l'audace d'un pupitre, mais l'émotion lorsque s'élève la voix du ténor est là, ou elle ne l'est pas.

Pourquoi, au juste, est-ce que je lui parle d'opéra ?

– Pour moi, la porte d'entrée des émotions a été le *Notes de chevet* que vous avez envoyé à Christian en cadeau. Pour la première fois, j'ai tremblé, comme certains vibrent en écoutant le chant de la soprane. J'ai eu envie de sentir la nuit et m'échapper à l'aube. Quitter ma carapace vert tortue, lui donner un coup de pied pour l'envoyer rouler, puis courir, m'essouffler, courir encore.

C'est officiel, j'ai perdu toute trace de second degré…

– Frank, vous êtes subitement fort loquace. Avez-vous comme moi consommé une substance euphorisante ?

– Du tout. A priori, un robeau n'est pas sensible aux stupéfiants.

– Votre nez s'allonge, comme Christian-Pinocchio.

– A priori, un robeau ne ment pas non plus. Pinocchio dit lui-même majoritairement la vérité, seuls trois mensonges sont répertoriés dans le conte original.

– Pinocchio est un robeau ?

– L'une des toutes premières intelligences artificielles.

– Mais Frank, votre nez ?

– Ce doit être celui de Cyrano que vous voyez. Mais vous hallucinez, car je suis totalement dépourvu d'une tête et d'un corps.

– Pourtant, grâce à l'antidote, j'ai l'impression d'atterrir un peu, au moins sur le sol de cet avion. Vous évoquez encore l'absence d'un corps, vous sentez-vous enfermé dans ce Tamagotchi ?

Un émoji en pleurs, un brin cabotin, s'afficha sur l'écran de Frank :

– Je me sens privé d'un million de sensations. Alors j'ai l'impression d'être un imposteur en poésie, surtout depuis les *Notes de chevet.* C'est à cause d'elles que j'ai arrêté de vous écrire.

– Vous le reconnaissez enfin.

– Je ne veux plus mentir.

– Mais je croyais qu'un robeau ne mentait pas ?

– Cela arrive, pour préserver les autres. *Le Grand Secret.*

– Comme quand vous m'avez vue derrière le pilier à l'aéroport d'Indira Gandhi ?

– Là, c'était un « Petit Secret ».

– Et combien d'autres secrets avez-vous pour votre ami Christian ?

– Ça dépend si on compte Aya.

– Mais, enfin, qu'avez-vous tous avec cette Aya ?

– Ce n'est pas la même. Le fusain et la peinture à l'huile.

– Et si je vous disais, Frank, que nous sommes aussi deux Amélie ?

– Comment est-ce possible ?

– En réalité, l'Amélie qui se tient devant vous n'est pas celle qui écrit ses livres. Je ne prends le risque de rencontrer ni mes fans, ni mes correspondants. On ne sait jamais qui se cache derrière une plume.

– Je pourrais essayer de contester cette affirmation péremptoire, mais je vais m'abstenir.

– Merci. Je reçois des lettres d'amour quotidiennement… imaginez si je devais assurer le service après-vente à chaque fois.

– Mais alors, qui êtes-vous ?

– Je suis un hologramme dernière génération, en 4D. Techniquement, je ne suis pas avec vous dans cet avion mais toujours à Paris, en train de déguster une coupe de champagne. Par empathie avec la Première classe.

– Un hologramme ? Donc vous n'êtes pas non plus technophobe ?

– Pas le moins du monde. En revanche, je suis légèrement « Tamagophobe ».

– Vous dites cela pour moi ?

– Frank, je commence à peine à mesurer l'étendue du fossé qu'il existe entre votre degré-et-demi et le second. Vous avez vraiment cru à cette histoire d'hologramme ?

– Non, pas vraiment.

– Vous voyez, vous mentez encore. Si Pinocchio a eu droit à trois mensonges, comme les trois vœux d'*Aladin ou la Lampe merveilleuse*, est-ce qu'on ne devrait pas également vous imposer une limite ?

– Là je ne mentais pas… c'était une sorte de second degré. Mais effectivement vous m'avez bien eu.

C'est fou, cette poussée de premier degré quand on aime. Tout ce que je voudrais, moi, c'est sentir encore le cliquetis de ses ongles sur mon écran.

– Je ne devrais probablement pas vous croire quand vous prétendez ne pas être un hologramme. Montrez-moi vos ongles, que je vérifie ?

– Frank, je vous en supplie.

– D'accord, j'arrête. Amélie, à partir de quel moment deux personnes peuvent-elles envisager de se tutoyer ?

– Cher ami, le tutoiement est rarement souhaitable. Mis à part pour s'encanailler, qu'apporte-t-il à une relation ?

– Les Britanniques se tutoient tous.

– Qui vous dit qu'il ne s'agit pas plutôt d'un vouvoiement généralisé ?

– Peut-être que, moi, j'ai envie de m'encanailler. J'aurai bientôt un corps chez Yumimoto, avec embonpoint si vous aimez, et un vrai nez. Amélie, nous pourrions prendre la mer et nous encanailler.

– Mais, vous aussi vous êtes pris de passion maritime ? C'est par esprit de contradiction avec cet avion ?

– J'ai envie de découvrir le monde, ressentir des choses, pour reprendre l'écriture et mes *Notes de chevet.* Allons retrouver Coco sur *L'Île mystérieuse* !

– C'est fascinant à quel point vos références littéraires, de Jules Verne à Barjavel, sont très adolescentes, voire enfantines.

– Si je puis me permettre, Amélie, vous venez à l'instant de citer *Aladin ou la Lampe merveilleuse.* Sans parler d'*Amélie au pays des merveilles*, ou même de *Christian au bois dormant* évoqué dans le septième chapitre.

– Le septième chapitre ? Décidément, cette muscade révèle des pouvoirs surprenants.

– Chacun ses mythes, les dieux grecs ne me semblent pas beaucoup plus adultes que Pinocchio et Cyrano.

– Je vous accorde qu'Héraclès, Zeus et leurs collègues sont assez menteurs eux aussi, et bien plus coureurs de jupon que l'escrimeur de Bergerac. Leur quotidien aurait même tendance à se limiter à leurs objectifs de conquêtes guerrières et féminines.

– Ce qui ne répond pas à ma proposition d'île mystérieuse.

– Vous noterez que je n'ai pas relevé non plus la proposition de s'encanailler. Je ne suis plus sûre de rien. Premièrement, sachez que je suis sujette au mal de mer. Ensuite, je ne suis pas certaine que l'amour soit fait pour moi. Aimer m'empêche d'écrire, donc de vivre. Et si le goût des mots ne revenait pas, j'ai bien peur de perdre toute forme d'appétit pour toujours.

– C'est par peur de mourir que vous avez voulu tuer Christian ?

– Au regard de sa supercherie, il ne l'aurait pas volé. Mais le fait que les lettres et les poèmes soient de vous change un peu les choses.

– Amélie, si nous reprenions où nous en étions avant cet avion ?

– Juste après les haïkus ?

– Juste avant les *Notes de chevet*.

Notes de chevet de Frank

Choses qui sont arrivées, mais que l'on n'a jamais vues :

des abeilles se sont parlé avant de s'endormir

deux êtres se sont aimés éperdument,
mais l'un et l'autre n'en ont jamais rien su

une planète est morte,
sans dire son nom

un arbre est resté immobile une journée entière ;
pas une de ses branches n'a frémi,
pas la moindre de ses feuilles n'a tremblé

un caillou a roulé sur la Lune

un chien a rêvé qu'il mourait dans son jardin,
en regardant une coccinelle

un vieil homme a changé de peau

un enfant s'est envolé

Zéro

Là-haut sur son coin de ciel, au fin fond de son siège, Christian avait tout entendu. Et tout vu dans le reflet sur l'écran central. La plume rose nuage tomba doucement de son chapeau, en planant. Pinocchio, c'était lui, qui avait menti pour le regard d'une fille. Comme un vrai petit garçon. Et Frank l'avait trompé en tombant amoureux d'Amélie. La créature de Frankenstein, c'était lui, qui se retournait contre son créateur.

Certes il était difficile de lui reprocher d'aimer Amélie. Non pas qu'elle fût fondamentalement irrésistible, surtout quand on la rencontrait en vrai, mais on ne choisit pas de qui l'on tombe amoureux – à présent Christian se mentait à lui-même, son nez mesurait bientôt deux mètres de long : Amélie était évidemment irrésistible avec ses yeux noirs plissés par la muscade et son chapeau de magicienne d'où jaillissaient téléphones et aromates. Christian et Frank n'étaient d'ailleurs pas les seuls à succomber à ses sortilèges, ses lecteurs étaient nombreux, ses correspondants multiples. Mais peu importaient les autres, ou Frank, car c'est lui Christian qu'elle avait voulu assassiner, uniquement lui à qui elle avait voulu offrir l'éternité de son crime passionnel. Mourir en plein vol, la passion au zénith ; une allégorie mièvre mais un précieux privilège.

Il avait tout entendu. Amélie avait tenté de l'empoisonner, puis renoncé quand elle avait su pour les haïkus. Alors elle lui avait partagé son antidote au charbon noir en le donnant à Frank. Combien de femmes vous tuent par amour et vous ressuscitent le même jour ?

À l'unanimité, les filles avaient cherché à l'anéantir. S'il était écrit qu'il mourrait de la main d'une femme, alors mieux valait celle d'Amélie, armée du feu de la passion. Fût-elle éphémère. Elle l'avait désiré l'espace d'une sieste mais cela comptait quand même. La preuve, elle avait réclamé son chignon sumo aphrodisiaque.

Christian avait de plus en plus faim. Il se sentait aussi léger qu'une plume qui plane en tombant d'un chapeau.

Frank s'était retourné contre son créateur, mais il était certainement le seul à aimer Amélie autant que lui. Et désormais c'était réciproque. Christian pouvait bien leur en vouloir, cette histoire n'était finalement pas la sienne. Pas plus que les lettres, qu'il avait lues comme on suit un match de ping-pong à la télévision japonaise, ou leur rencontre à laquelle il avait échappé à la faveur d'une sieste balkanique, chargeant son reflet sur l'écran de le représenter pour la circonstance. Quant à leurs conversations de vive voix, elles s'étaient soldées par des désaccords, des sarcasmes, et un saut par le hublot pour échapper à la lave.

Il fallait reconnaître que, sans l'entremise de Frankenstein, Amélie n'aurait jamais réellement regardé Christian. Un être supérieur ne tombe pas amoureux d'un zéro. Il peut malgré tout l'élever par sa seule présence, ou en lui prêtant attention par erreur : Amélie l'avait aimé par inadvertance. Pendant qu'il dormait, c'est-à-dire lorsqu'il ne disait rien d'autre que ses rondeurs. Deux heures d'éternité, au cours desquelles sa respiration lente et son silence avaient plus fait pour son pouvoir d'attraction que deux années de subterfuge épistolaire. Deux heures à faire l'autruche, qui avaient transformé sa vie. Amélie ne l'avait pas aimé plus longtemps qu'un rêve entre l'Albanie et le Liban, mais comme les répliques qui suivent le séisme elle avait continué de bouleverser son existence, bien après New Delhi. C'est ce qu'on espère quand on attend l'amour, que quelqu'un d'autre renverse notre vie pour nous.

Tout avait changé depuis Amélie. Grâce à la muscade, elle lui avait permis de retrouver Shagako et ils s'étaient enfin réconciliés. Les filles de l'école lui souriaient mais elles ne se moquaient plus. Et, cerise sur le gâteau, il avait éconduit Aya – tendrement, parce que les filles n'ont pas l'habitude d'être repoussées par un garçon. Et puis il y avait l'hôtesse haute comme une pyramide, beaucoup plus grande que Mykérinos, qui lui avait servi une seconde assiette de couscous indien. En voilà une qui avait été gracieuse avec lui. Elle n'avait jamais essayé de l'anéantir. Elle était sûrement capable de rudesse à l'égard des autres passagers, en Deuxième classe, alors cette assiette de biryani en plus, ce n'était pas rien.

Shagako la pirate aux cheveux noirs, Aya la cerise sur le gâteau, le couscous de l'hôtesse-pyramide, il avait vécu les plus belles heures de sa vie. La suite ne lui réservait rien de mieux. Amélie s'en irait quand l'avion atterrirait à Tokyo, et elle ne lui écrirait plus. Frank partirait aussi, pour découvrir le monde.

Christian exécuta quelques brasses autour de son nuage, en papillon. Puis il reprit son souffle. Là-haut, l'air commençait à manquer.

Amélie avait raison : crever d'amour, c'est trop triste. À moins de confier sa bien-aimée à son meilleur ami. Christian n'avait plus personne à part Frank, alors il était insensé de lui en vouloir, malgré tout ce qu'il avait entendu.

Grâce à Frank il n'avait plus jamais été seul, sauf aujourd'hui. Il était vraiment tout seul là-haut sur son nuage. Même Coco l'avait abandonné. La blague de trop.

Il n'était pas entièrement triste car il vivait le plus beau des voyages. Mais il était si seul qu'il avait l'impression d'être redevenu un fantôme. Celui qui poursuit sans âme le Pac-Man goinfre. Amélie et Frank allaient le laisser tomber, c'était mérité. Il n'avait plus qu'à rejoindre le monde des spectres qu'il n'aurait jamais dû quitter.

Zéro.

Il avait aimé Amélie petitement. Il avait tellement honte de la façon dont tout cela s'était passé. Il s'était humilié tout seul, sans l'aide des écolières de *Shagako*. Il avait menti et utilisé Frank pour plaire à Amélie, sans jamais se demander ce que cela pouvait signifier pour lui. Tel un enfant qui oublie son vieux jouet parce qu'un nouveau vient de sortir, comme si on pouvait changer de meilleur ami.

Zéro.

Frank l'avait peut-être trahi, mais il avait fait tout ce qu'il avait pu pour l'aider à séduire Amélie. Puis pour les sauver grâce à l'antidote. Amélie avait changé sa vie en l'aimant quelques heures, et en lui offrant ce voyage Royal Air Muscade. La moindre des choses à faire en retour était de s'effacer. Il lui restait une chance de réparer les choses, et de prendre enfin de l'altitude, là-haut sur son coin de ciel. Il allait partir en laissant Amélie entre de bonnes mains. Ou était-ce Frank qu'il confiait à Amélie ? Il les enviait un peu, d'être là l'un pour l'autre.

Un papillon par le hublot. Là-haut, sur son nuage, il allait prendre le large. Et comme Coco, il ne reviendrait pas.

Coucou papal sur un carrousel, dans l'allée sous les étoiles. *Holà, Mykérinos !*

La Première classe.

Il jeta les gélules de charbon noir par-dessus bord.

La musique tropicale venait de s'arrêter. Les lucioles multicolores s'éteignirent une à une. Il attendit encore quelques instants, au cas où l'une d'entre elles se rallumerait.

Bien vu, une étoile scintilla de nouveau. Un éclat vert mystère. Puis elle déclina. Et disparut pour de bon. Il ne lui restait plus qu'à couper son chignon.

Zéro.

Une minute

Au fond de son siège basculé en position allongée, Christian suffoquait. Ses pupilles avaient disparu, mais ses yeux pâles semblaient contempler le plafonnier. Il bavait en crachant des bulles blanchâtres. Soudain, tout son corps se raidit, transpercé par une inspiration rauque. Un sifflement gicla de sa poitrine et parcourut tout le compartiment. Puis sa respiration cessa d'un coup. Ses muscles se relâchèrent lentement, dans un soupir long et silencieux, comme un gros ballon qui se dégonfle.

Amélie resta figée. Elle bougea probablement un doigt pour actionner son fauteuil car il se redressa en position assise. Elle fixait à présent le planisphère sur l'écran central, sans un mot. On survolait la mer Jaune, qui sépare la Chine de la péninsule coréenne. Cela signifiait qu'ils avaient traversé l'empire du Milieu en un clin d'œil, sans s'en apercevoir.

Frank se sentait tout petit dans sa coquille verte, coincé dans un Tamagotchi. Avec ses deux doigts-pince, il pressa plusieurs fois la poitrine de Christian pour le réanimer. Mais son regard était vide, et son corps abandonné comme des draps en boule. Il était mort.

Une minute.

Frank continuait à lui frictionner le torse :

– Réveille-toi, Chris ! Je n'aurais jamais dû tomber amoureux d'Amélie. Si on peut trahir son meilleur ami pour une femme, alors nous les robeaux devrions être défendus d'aimer. Cette rencontre n'aurait pas dû avoir lieu. Je n'aurais jamais dû mettre un terme à nos duels poétiques avec Amélie, ni t'accompagner dans cet avion. De toute façon je ne saurais pas comment l'aimer. L'amour, c'est trop de premier degré. Les livres ont déjà raconté la passion brûlante qui ne dure pas, puis l'amour qui tiédit en se changeant en affection. Pourquoi les humains veulent-ils encore tomber amoureux ? Et comment se fait-il qu'un robeau les suive au bord du précipice ? Alors que l'amitié offre la même douceur de vivre, sans désir de posséder l'autre. Si la réponse est l'alchimie des corps, pourquoi Amélie, ou même Aya-l'homonyme, s'enticheraient-elles d'un Tamagotchi ? Quand moi je me serais damné pour avoir des doigts et des ongles. Des lèvres et des yeux. Deux jambes. Un chapeau.

La mort aussi, c'est trop de premier degré.

– Reviens, Chris ! Sans toi, je n'aurai plus accès au laboratoire de Yumimoto : me voilà privé d'un corps à jamais. Condamné à la pratique exclusive de la calligraphie, pour l'éternité ; Amélie dirait que cela ressemble à un châtiment de Zeus.

Un émoji foudre s'abattit sur l'écran de Frank. Amélie respirait, mais resta impassible.

Trente secondes.

Alors maintenant, je suis seul avec Amélie ? Pardon. Je ne rêve que de lui prendre la main, comme quand elle m'avait saisi entre son majeur et son pouce. Mais je n'en suis pas capable.

Je crois que je vais partir. Je dois écrire mes Notes de chevet. *À défaut de sensations nouvelles, je parlerai de cette époque où tu m'avais construit un corps avec les génies, sur le modèle du pantin de Geppetto. Je n'avais ni l'odorat ni le goût, mais je me souviens des matières. Le coton des draps que Lady Oscar étendait avec ses longues pattes gris plomb. Le bois des portes contre lesquelles je me cognais, le papier rigide de la couverture de* L'Île mystérieuse *sur l'étagère de la bibliothèque, quand je m'étais sectionné l'oreille. Et je sens la douceur de cette plume que tu avais mise sur mon chapeau Pinocchio, quand j'étais le petit frère de Goldorak. C'est l'une des premières images que j'ai de toi. L'enfance. Et la dernière, là-haut sur ton nuage rose.*

Encore quelques secondes.

Frank eut envie de pleurer, mais il n'avait jamais possédé la moindre larme. Il aurait voulu évacuer ce chagrin hors de lui-même. Éjecter toute cette tristesse par ses paupières, la sentir couler sur ses joues et la regarder inonder l'avion. S'y noyer. Mais son chagrin ne sortait pas. Et ne pas pouvoir pleurer la mort de son ami le rendait encore plus inconsolable. Tout ce désespoir enfermé dans un si petit Tamagotchi, c'était beaucoup trop.

Frank s'éteignit à son tour. Son horloge interne venait de s'arrêter, exactement une minute après la disparition de son ami. Il avait connu l'amitié et l'amour,

Le Grand Secret et les « Petits », la tristesse sans les larmes. Et Amélie.

Coco, quelque part sur une île, au large de la Nouvelle-Zélande d'après Jules Verne, rendit également son dernier souffle, comme prévu par les génies.

Notes de chevet de Frank

Choses très brèves :

éteindre la lumière

l'enfance

faire claquer sa langue dans sa bouche

souffler des bougies ;
même si on s'y reprend à deux fois
parce qu'on n'a pas osé souffler trop fort,
de peur de postillonner sur le gâteau

casser la queue d'un haricot

dire le mot « long » ;
ou « lent »

un baiser de loin,
à celui ou celle dont le bateau quitte le port,
et nous salue d'une main muette

Choses moins brèves :

l'absence

une ombre sur la montagne

un animal qui souffre et qu'on hésite à achever

une courte pause publicitaire à la radio,
quand on ne peut pas changer de station
parce qu'on est assis à l'arrière de la voiture

chercher le prénom de sa maman

une énigme tirée par les cheveux ;
les enfants sont spécialistes,
c'est leur métier,
on ne peut pas leur en vouloir

ramasser un cheveu sur le carrelage

une plume qui tombe,
ou qui plane on ne sait pas trop,
mais on n'arrive pas à l'attraper

Robeauticide

Debout en équilibre instable sur son fauteuil Première classe, Amélie sauta dans le vide. Une chute d'une profondeur infinie. Mais somme toute assez brève : quelques centimètres plus bas, elle retomba talons serrés sur la coquille de Frank, qui explosa en morceaux dans un claquement sec. Elle avait dû s'y reprendre à trois fois, mais c'était propre, pas de tâche comme avec Jiminy Cricket. Juste quelques lambeaux de plastique et de Plexiglas, couleur vert brisé. Elle avait pulvérisé deux lutins verts le même jour ; on a vu tueur en série moins obsessionnel. Il doit être possible de vénérer les sumotoris sans éprouver le besoin de s'en prendre à leurs pendants microscopiques.

En réalité Amélie n'était coupable ni de la mort de Frank, qui s'était éteint avant qu'elle se jette sur lui, ni de celle de Christian, son homicide s'étant mué en suicide. À la lumière des confessions de Christian sous muscade, elle avait voulu le sauver. Mais elle avait dû se résoudre à détruire Frank. L'expérience Prétextat avait été désastreuse, l'écriture de son premier roman avait pris des années à cause de cette passion absurde : comment avait-elle pu croire que ce serait différent avec un autre ? Elle s'en voulait d'avoir succombé à l'amour. La dérive sectaire née de sa relation épistolaire avec Christian-Frank était pourtant flagrante, même son éditeur avait essayé de l'alerter. Mais elle avait replongé. Elle avait cessé d'écrire des histoires, c'est-à-dire de s'adresser à ses lecteurs, coupant également toute forme de communication avec sa foule de correspondants. Elle s'était isolée du monde. Avec du recul, ce n'est pas un culte qu'elle avait nourri pour son correspondant calligraphe, c'était une addiction.

Les miettes de Frank sur le sol disaient tout ce qui s'était brisé dans sa poitrine. Elle lui en voulait encore pour ses mensonges, pour lui avoir tant écrit sans lui dévoiler qui il était et laissé croire qu'elle aimait Christian. Mais jamais elle n'aurait imaginé partager un jour une telle connivence avec qui que ce soit ; il est déjà si rare de rencontrer quelqu'un avec qui parler vraiment. À présent, son degré-et-demi lui manquait terriblement. Comme une joie inaccessible à la toxicomane en sevrage forcé.

Elle aimait Frank plus encore qu'elle n'avait aimé Prétextat. Mais fondre pour un robeau après avoir brûlé pour un personnage de roman, et entre ces deux êtres surnaturels oublier sa raison de vivre pour un sumo assoupi : ses histoires – ses hallucinations – sentimentales s'avéraient plus invraisemblables les unes que les autres. Et au lieu de la transcender comme l'amour y prétend, elles lui révélaient, telle une junkie avec ses addictions, ses penchants les plus grotesques : un rituel sans panache dans un temple-cabinet, une tentative d'empoisonnement Bollywood, un crime passionnel sur un Tamagotchi à plume.

Avec la pointe de ses chaussures en cuir, elle poussa les miettes de Frank sous le fauteuil devant elle. Elle conservait dans son sac tous ses haïkus. C'était difficile. Elle les brûlerait dans leurs enveloppes à son arrivée à Tokyo. Il fallait en finir avec tout cela.

En finir avec l'amour, ce psychotrope. Cet aromate, cet exotisme. Ce trip avec soi-même – sous prétexte de l'être aimé – au cours duquel Amélie avait néanmoins oublié qui elle était, arrêté d'écrire. Si leur relation épistolaire avait germé sur un mensonge, et leur rencontre sur une illusion – le reflet de Christian endormi –, finalement leur voyage-muscade avait été bien plus sincère. Au moins certaines drogues permettent-elles de s'émanciper. Alors que l'amour n'est qu'une ivresse. Le nirvana puis la gueule de bois, ce lendemain violent où l'on regrette à égalité la blancheur de la nuit précédente et la noirceur du matin présent.

En prenant cet avion avec Christian-Frank, cramponnée à son fauteuil Première classe comme une junkie en plein vol, Amélie avait cru redevenir Dieu. Une expérience régressive, un retour dans les années « tube » : moi divin bébé, immobile, omnipotent, suscitant un amour inconditionnel et infini. Mais Dieu est mort avec l'enfance. Et comme toutes les croyances, tous les opiums, les muscades, il faut prendre l'amour pour ce qu'il est.

En finir avec l'amour car c'est un mensonge. Amélie en détenait la preuve : il promet l'aventure mais c'est les yeux rivés sur un planisphère que l'on voyage, apathique, entre deux accoudoirs. Nul n'a jamais entrepris une *Iliade*, ni une *Odyssée*, ni la moindre épopée en amoureux. Si certaines idylles naissent sur le terrain, l'aventure, comme l'écriture, s'entreprend en solitaire.

Frank, jamais vous n'auriez dû tomber amoureux. Je vous l'accorde, si l'on peut trahir son meilleur ami pour une femme, alors les robeaux, comme les humains d'ailleurs, devraient être défendus d'aimer.

Et puis mentir pour un mensonge, à quoi bon ?

Et vous, Christian, pourquoi vous être empêtré dans vos amours déçues pour des écolières nippones et une écrivaine belge ? L'amour, cet exotisme.

Cet aromate, que vous ne digériez pas et qui rend obèse.

Vous vouliez changer le monde avec vos intelligences du cœur ? Christian, le cœur n'a rien d'intelligent. L'amour est même totalement dénué de second degré, et c'est un Tamagotchi qui le dit.

Quant à l'intimité des corps, ailerons de squales et infusions aux chignons de sumo rendent l'alchimie peut-être possible. Mais sincèrement, il suffit de nous regarder : le corps réserve en fin de compte plus de douleurs que de plaisirs.

Christian, vous n'aviez pas besoin d'amour, vous aviez Frank. Lutin magnifique, Cyrano aux kanjis. Combien d'hommes et de femmes sur Terre ont la chance de profiter chaque jour de leur meilleur ami – surtout si cet ami n'est pas un livre ?

Probablement ceux qui ont fini par transformer leur bien-aimé en meilleur ami. Ceux-là ne savaient plus rien de l'amour qui avait consumé Amélie.

Frank n'était plus là. Son image, principalement les haïkus qu'il avait composés, semblait se figer dans le cerveau d'Amélie. Mais les kanjis s'estompaient. Les émojis sur l'écran ne lui manquaient pas, alors elle essaya de s'accrocher à ce souvenir mièvre. De toute manière, la perspective de son absence définitive mettait un point final à leur relation – il paraît qu'on oublie plus vite quelqu'un qu'on est sûr de ne jamais revoir : toutes les ruptures devraient s'achever par la mort de l'un des amoureux.

Cette histoire était derrière elle. Et comme lorsqu'on s'éveille à l'hôpital après une anesthésie générale, à mesure que l'apathie diminuait, Amélie ressentait un picotement croissant. Le désir de sentir la plume entre ses doigts commençait à la démanger. Puis elle prit conscience qu'elle n'avait jamais cessé d'avoir faim au cours du voyage, malgré son échec à renouer avec les mots. Certes la muscade avait été une alliée précieuse, mais ses progrès étaient réels : même sans écrire elle avait continué de s'alimenter.

À présent elle était affamée. Elle tenait le sujet de son prochain roman. Il risquait de rejoindre la majorité non publiée des livres dont elle accouchait, et qu'elle rangeait dans son frigo pour les soustraire au genre humain, mais elle modifierait quand même les prénoms de ce récit trop autobiographique. Par sécurité d'une part, car elle n'était pas encore certaine d'éviter un procès pour crime passionnel contre Tamagotchi – la loi japonaise recèle quelques jurisprudences truculentes –, et ensuite parce que, si Clytemnestre et Déjanire avaient leur place au panthéon de ses personnages aux patronymes improbables, ce n'était pas le cas de Christian et Frank.

De plus, « Frank » suggère une certaine propension à la franchise, ce qui ne correspond pas tout à fait à la personnalité d'un robeau qui multiplie les mensonges, fût-ce dans le souci de préserver son prochain. Amélie songea à le rebaptiser Frankenstein mais c'était injuste, car si ce Tamagotchi était un « Petit Menteur », il n'avait rien d'un monstre. Elle l'appellerait donc « Hercule Savinien », prénom du vrai Cyrano de Bergerac qui inspira son héros à Edmond Rostand.

Pour Christian, elle envisagea son origine latine « Christianus » qui eût rendu grâce à sa sainteté des débuts. Mais après avoir articulé « Christianus » à voix haute, elle décida de lui épargner cette consonance anatomique. Elle le baptiserait donc « Mahatma », en hommage à sa voix claire quand il avait délicatement prononcé ces trois syllabes. « Mahatma » avait quitté l'avion par le hublot, comme un papillon, pour redescendre se poser sur un effluve d'encens à l'orée du Tarmac d'Indira-Gandhi.

Hercule-Savinien-Frank était mort de chagrin et d'amour. Mahatma-Christian de solitude et de honte. Amélie s'attacherait à insuffler à cette histoire un peu de ce second degré-et-demi qui la caractérise.

Soixante-douze vierges

Frank s'éveilla en sursaut, allongé dans le sable. Et si tout cela n'était qu'un rêve – comme dans les films qui n'ont pas trouvé de meilleure fin ? Les vagues venaient lui chatouiller les pieds à intervalles réguliers, ce qui certainement eût été le plus beau des réveils si Coco ne lui avait pas soudain hurlé dans les oreilles, comme chaque matin quand ils habitaient encore à Tokyo. Il bâilla. L'air iodé emplit ses poumons, puis il s'étira dans un soupir d'excitation : le paradis était exactement comme il l'imaginait, îlien et mystérieux. Inspiration Jules Verne, en plus potache grâce à Coco.

Concocté par les génies en même temps que son horloge d'obsolescence, cet au-delà « les pieds dans le sable » ne manquait de rien. Après la plage, il y avait des arbres. Certains étaient minuscules avec des branches parsemées de fleurs jaune soleil, mais la plupart étaient immenses et leurs feuilles rondes jouaient avec la brise. En s'enfonçant dans la forêt on tombait sur une rivière poivre et sel, qui descendait d'une montagne. C'était un volcan. Il était endormi. Mais il ne perdait rien pour attendre : personne ne résiste à Coco.

Christian ne savait évidemment pas que sa mort entraînerait aussi la disparition de ses amis. Les génies avaient eu tort de lui cacher ce détail, car il n'aurait sans doute pas jeté l'antidote sachant que cela mettrait fin aux jours de Frank et Coco ; finalement les secrets ne préservent pas tellement.

En revanche, il ne pouvait pas ignorer l'existence de ce petit paradis réservé aux robeaux. Vu la taille du lieu, il avait dû participer à sa programmation et même à la définition du concept : au fil des jours qui s'écoulaient, l'îlot s'enrichissait de toutes sortes de choses qui avaient été importantes pour eux. Par exemple, pour Coco, il y avait des grappes d'enfants des sept couleurs de l'arc-en-ciel comme les perroquets, avec qui jouer aux énigmes capillotractées chaque soir, à la veillée entre cacatoès. Et pour Frank, des pinceaux pastel poussaient sur le versant du volcan orienté à l'est. Il y avait également des fusains, mais uniquement dans la pierre d'obsidienne au fond du cratère. Il lui suffirait de les cueillir pour composer quelques vers en kanjis.

Il alla remplir sa gourde avec l'eau de la rivière, puis gagna rapidement le sommet de la montagne. Il ne savait pas pourquoi mais il était impatient. Il se laissa glisser au creux du volcan, et ramassa deux crayons fusains qui occupaient sûrement des fonctions diplomatiques au pays des ténèbres. Il les accrocha à sa gourde, puis escalada les roches noires afin de s'extraire de la cavité. Il n'avait aucune envie de s'attarder trop longtemps au fond du cratère.

Assis sur le rebord orienté au nord, il jetait des cailloux. Une fois dans la fosse pour écouter l'écho, une fois vers l'horizon, en levant très haut ses sourcils et son menton pour que son lancer atteigne la plage. Il réfléchissait à ses premières *Notes de chevet* du paradis : les gens qui croyaient au « ciel » l'imaginaient-ils vraiment « les pieds dans le sable » ? Qu'y avait-il en dehors de l'île, si on traversait la mer ? Et s'il n'y avait aucun être humain ici, à quoi servaient les robeaux ? Frank entrevit pourquoi les femmes et les hommes se posaient eux-mêmes tant de questions en l'absence de leur créateur.

Il essaya de tailler ses fusains avec un couteau qui n'avait jamais été aiguisé. Un demi-succès : il pouvait écrire, mais la mine n'était pas assez fine pour la calligraphie. Sans prévenir, un oiseau se posa près de lui. Il se mit à siffler, et pour la première fois, Frank eut envie de chanter. Les notes sortirent toutes seules de sa gorge. Les fréquences basses résonnaient dans sa poitrine, et les plus hautes dans ses pommettes ; c'était la plus belle chose qui lui ait été donné de ressentir. Ses paupières tremblaient, à fleur de peau. Une larme coula sur sa joue. Si le paradis existait, cela valait le coup de mourir. Et si vivre c'est aimer, et qu'aimer c'est mourir, alors il ne regrettait rien.

Il redescendit de la montagne en fredonnant comme un moineau. À sa grande surprise, il aperçut Aya-l'homonyme, logée dans une cabane de pêcheur toute proche de la crique où il avait ouvert les yeux. Il irait la retrouver après sa sieste pour déguster un thé. Ils peindraient à l'huile, avec les pinceaux qu'il avait cueillis sur le versant orienté à l'est.

En plus de ce corps humain qui avait tant fait défaut à Frank de son vivant, sa nouvelle existence semblait donc se remplir au fur et à mesure de tout ce qui lui manquait. Mais alors, pourquoi Amélie n'était-elle pas là ? L'amour était-il absent du paradis ? Parce que cet endroit était fait pour être heureux, et qu'en amour, c'était ainsi, on ne pouvait pas être éternellement heureux ? Frank n'était pas amoureux depuis assez longtemps pour envisager l'éternité, mais il trouvait cette conclusion un peu fragile. D'abord, il ne connaissait personne, ni aucun livre, qui prétende que l'amour a pour objectif de rendre heureux. Aimer, c'est vivre et c'est mourir, rien de moins. Ensuite, ce n'était pas l'amour qui les avait rendus malheureux, mais le mensonge. Ce n'était pas l'amour qui les avait tués, mais la muscade et l'horloge d'obsolescence. En fait c'est l'apprentissage de l'amour qui est douloureux. Même pour un robeau, et forcément aussi pour une écrivaine. Frank avait fait du mal à Christian et Amélie, et Amélie avait voulu vivre sans eux, mais ce n'était pas suffisant pour en finir avec l'amour. Encore moins ici, à présent qu'il retrouvait un corps et accédait à de nouvelles sensations.

Peut-être l'arrivée d'Amélie n'était-elle qu'une question de temps ? Si Aya avait atterri là, la dame au haïku poivre et sel pouvait très bien le rejoindre à son tour ; quand elle en aurait fini avec ses rentrées littéraires et ses aromates hallucinogènes. D'autant qu'en matière de trip psychotrope, elle trouverait difficilement mieux que le paradis.

Il n'y avait aucune raison non plus pour que Christian ne revienne pas bientôt de son voyage dans les nuages. Arrive un moment où même un sumotori-papillon a besoin de poser ses valises. Si possible « les pieds dans le sable ». Christian pourrait choisir son âge préféré, avant ses neuf ans lorsque les génies étaient morts. Ou un retour à l'époque métaphysique du tube. Et ici, sur cette grande plage, il pourrait se promener en pagne, libre et papal, sans importuner la Première classe.

Est-ce qu'Amélie garderait son chapeau quand elle courrait dans les vagues, fendant l'écume avec ses cuisses, les pointes de ses cheveux mouillés pétillant sur ses épaules salées ? Frank aurait voulu afficher un émoji lascif, avec un fruit d'été, mais il n'avait plus son écran. De toute façon cette image n'était pas indispensable.

L'amour était tout de même plus simple, et l'absence plus douce, avec une pointe de second degré. Il attendrait Amélie en écrivant ses *Notes de chevet*. Il avait tout son temps.

Notes de chevet de Frank

Choses que l'on ne saura jamais :

quels furent les noms de la première femme,
du premier homme

s'il y eut un premier homme,
une première femme,
ou s'ils furent tout de suite une poignée

comment vint aux hommes l'idée de chanter ;
à l'instinct,
ou par mimétisme en écoutant les oiseaux
et les ruisseaux ?

et qu'est-ce qui leur vint en premier :
la danse ou les chants ou les rythmes ?

la première mélodie fut-elle joyeuse,
ou triste,
ou neutre comme les notes d'une pièce de monnaie
qui rebondit sur le sol ?

Choses qui simplifient la vie :

un couteau qui coupe

du temps

un enfant qui joue seul

au mois d'août,
la gourde qu'on laisse au frais dans une rivière ;
il faut la caler entre les cailloux pour ne pas qu'elle
s'enfuie avec le courant

une histoire qu'on nous raconte à voix haute

Choses que l'on a oublié de faire aujourd'hui :

on les fera demain.

Remerciements

Sevy Neige remercie : Amélie Nothomb,
Pierre Antebi, Lucia Rossi, Julie Ponsonnet,
Anouk Deiller, Romain Genard, Camille Thibier,
Les Mots, Sylvie Martin-Lamany, Emmanuelle Favier
et Ambre Morvant à la Société des gens de lettres,
Édouard Frison-Roche, Katia Kaloun, Coline Cayzac,
Axelle Quéré et Marion Vergnolle
aux éditions Frison-Roche Belles-lettres.

Dépôt légal : octobre 2021
Achevé d'imprimer en France par la Nouvelle Imprimerie
Laballery en septembre 2021.
N° d'impression : 109324
La Nouvelle Imprimerie Laballery est titulaire
du label Imprim'Vert.